D0710908

COLLECTION FOLIO

Jean-Christophe Rufin

de l'Académie française

Sept histoires qui reviennent de loin

Gallimard

Médecin, engagé dans l'action humanitaire, Jean-Christophe Rufin a occupé plusieurs postes de responsabilités à l'étranger, notamment celui d'ambassadeur de France au Sénégal.

Nourrie par son expérience internationale et centrée sur la rencontre des civilisations, son œuvre littéraire se partage en deux courants. Avec *L'Abyssin*, son premier roman publié en 1997, *Rouge Brésil*, qui lui a valu le prix Goncourt en 2001, ou *Le grand Cœur*, qui a rencontré un très vaste public, il explore une veine historique, toujours reliée aux questions actuelles.

Avec *Globalia*, *Le parfum d'Adam*, *Katiba*, *Immortelle randonnée* (sur les chemins de Compostelle) et *Check-point*, Jean-Christophe Rufin crée des univers romanesques contemporains qui éclairent l'évolution de notre monde.

L'écriture vivante de Jean-Christophe Rufin, pleine de suspense et d'humour, a séduit un large public tant en France que dans les nombreux pays où ses livres sont traduits.

Il a été élu à l'Académie française en 2008.

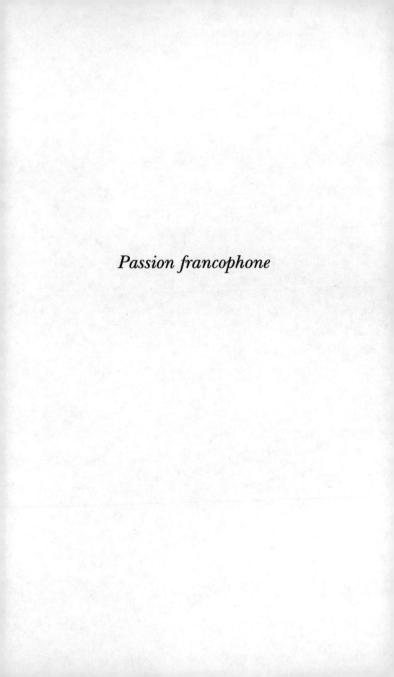

Passion francophone

— Monsieur Paul ! La 224… Elle a tout cassé !

Virginie, la femme de chambre, était descendue en courant pour prévenir le gérant et l'avait trouvé dans son bureau. Sitôt arrivé le matin, il s'y enfermait et allumait la télévision. Ce jour-là, la première chaîne retransmettait la visite de Gorbatchev aux États-Unis. La grande affaire du moment, c'était l'effondrement de l'URSS qui se déroulait en direct.

— Tout cassé, où ça ? grogna-t-il.

— Dans sa chambre, pardi ! Elle a retourné le lit, les fauteuils, la table, tout.

— On les remettra en place.

— Non, vous ne comprenez pas. Elle a une force incroyable, pour une petite femme comme ça. Les draps, elle les a déchirés en lanières. Elle a cassé le plateau en marbre de la table. Il ne reste plus un seul miroir dans la pièce. C'est un carnage.

— Est-elle seule ?

— Il y a cette bonne femme de l'ambassade avec elle. Mais ça n'a pas l'air de la calmer du tout.

L'ambassade ! L'ambassade soviétique. M. Paul hocha la tête. Une des conséquences des événements en train de se dérouler était cette soudaine arrivée de touristes russes, avec la bénédiction de leur ambassade.

— Pendant qu'elle casse, elle n'arrête pas de jacter. Et personne ne comprend ce qu'elle dit.

— La femme de l'ambassade ne vous a pas traduit ?

— Elle ? C'est à peine si elle dit trois mots de français. La seule langue étrangère qu'elle connaisse, c'est l'allemand.

— L'allemand ? répéta M. Paul, en se redressant.

Virginie opina, en se retenant de sourire. Elle savait ce qu'elle faisait. Au mot « allemand », M. Paul avait soudain marqué son intérêt. Il se leva, tira sur son gilet et éteignit la télé. L'Histoire attendrait.

— J'y vais, dit-il.

Sa carrière, il la devait aux langues étrangères et, parmi toutes celles qu'il parlait, l'allemand était sa préférée. Sa mère, d'origine alsacienne, la lui avait apprise dès l'enfance.

Dans l'ascenseur, avec la femme de chambre,

M. Paul garda le visage grave et concentré du boxeur qui se dirige vers le ring. Ils n'étaient pas encore arrivés au quatrième étage qu'ils entendaient déjà les hurlements. Il prenait soudain la mesure de la gravité de la situation. La casse, passe encore, mais le tapage était intolérable dans un établissement de cette catégorie : quatre étoiles chèrement acquises, un emplacement en or à deux pas des Champs-Élysées, une clientèle haut de gamme.

Deux portes étaient ouvertes dans le long couloir et des hommes en peignoir, mal réveillés, protestaient contre le vacarme qui les avait tirés du lit. M. Paul marmonna des excuses empressées. Parvenu à la porte 224, il frappa. Presque immédiatement, une femme blonde vint lui ouvrir. Elle était maquillée avec l'inimitable mauvais goût soviétique et coiffée d'un modèle de chignon tiré des pages « mode » de *Jours de France*, années soixante. Sa mine était à la fois autoritaire et terrorisée, mélange assez couramment observé chez les apparatchiks qui accompagnaient les délégations. Elle fit pénétrer le gérant dans la petite entrée tendue de velours brun qui servait d'antichambre. Le sol crissait sous les pas : le miroir vénitien était réduit à l'état d'éclats. Derrière la porte de communication qui menait à la chambre, on entendait maintenant des sanglots.

— Je France, moi pas longtemps, baragouina la diplomate. Avant Vienne. Autriche. Vous connaître allemand ?

— Bien sûr, madame, répondit M. Paul en enchaînant dans cette langue avec facilité. Je vous écoute. Que se passe-t-il ici ? Qui est cette personne et à quoi correspond ce tapage ?

— Merci, merci, s'exclama la femme en saisissant les mains du gérant.

Ses doigts boudinés étaient couverts de bagues bon marché et le vernis s'écaillait sur les ongles. M. Paul retira vivement ses mains.

— Voilà, directeur. Elle, c'est fille grand dignitaire kirghiz. Vous savez où est Kirghizie, n'est-ce pas ? En Asie centrale, près de Himalaya.

La Russe aspirait violemment les « h » et à son insu imitait le vent glacial sur les hauts sommets.

— Sud de l'URSS, si vous voulez. Peuplé de Mongols.

Elle esquissa le geste de se brider les yeux mais, par égard pour un maquillage qui lui avait coûté tant d'efforts, elle se retint.

— Trrrrès froid l'hiver mais pays riche : troupeaux, mines, blé…

Elle rit nerveusement. Puis reprit à voix basse en tendant le cou :

— Père de la madame, secrétaire général du Parti communiste kirghiz. Grande famille. Chef de clan. Vous comprenez ?

— Et que fait-elle ici ?

— Rêve ! s'écria la Russe sur un ton soudain emphatique. Rêve, directeur ! Depuis toujours, madame rêve venir en France.

Puis, de nouveau plus bas :

— Avant aujourd'hui, impossible. Elle, trop surveillée. Vous comprenez ?

La prudence de la guébiste était plus forte que le vent de liberté qui emportait par morceaux la vieille Union soviétique. Elle avait peur d'en dire trop.

— Avec la nouvelle politique, glasnost, madame a supplié son père et son père a supplié plus hautes autorités.

Elle se pencha vers M. Paul et souffla, dans une brise mentholée :

— Gorbatchev lui-même.

— J'avais compris, fit le gérant en s'écartant. Cela ne m'explique pas pourquoi elle casse tout.

Sur ces mots, la porte de la chambre s'ouvrit brusquement. La femme qui dévisageait silencieusement les intrus avait de quoi faire peur. Sa tenue et son expression laissaient penser qu'elle était rescapée d'un ouragan. Elle pouvait avoir la trentaine, quoiqu'il fût difficile de lui donner un âge. Son visage était large et plat, très pâle, mais on aurait dit qu'un public en colère avait jeté les matières les plus viles sur cet écran morne. Rouge à lèvres écrasé, Rimmel dégoulinant, trace de griffures formaient une composition grotesque. Si grande que fût la détresse exprimée par ce visage, elle bouleversa moins M. Paul que la vue de la chambre dévastée. La femme ne lui laissa pourtant pas le loisir de faire un état des lieux détaillé. Elle avança vers lui, pointa sur sa cravate jaune un doigt maculé de sang et y déposa une large empreinte. M. Paul aurait reculé si la voix impérieuse et forte de la jeune femme ne l'avait cloué sur place.

Elle s'adressa longuement à lui. Sa péroraison était strictement incompréhensible. Le gérant avait beau parler plusieurs langues et être même familier du russe, il ne reconnaissait aucune racine, aucune terminaison, pas même ces mots français qui ont émigré dans les langues de l'Est et qui désignent tous des calamités : catastrophe, cauchemar... Pour autant, les propos de la malheureuse n'étaient pas sans expression. La voix se faisait par instants mélodieuse ; à d'autres moments, elle enflait, comme si elle entreprenait de décrire les vastes steppes où paissent les troupeaux. Elle finit en un murmure presque caressant.

Touché par cette incantation pathétique, M. Paul cligna des yeux, hocha la tête, ébaucha un sourire. La femme lui sourit à son tour et la tension nerveuse se relâcha en un éclat de rire général. Le gérant était déjà heureux et fier d'avoir conclu l'incident dès son arrivée.

Cependant, la Kirghize s'était tournée vers la représentante de l'ambassade et lui disait quelque chose dans une langue différente que, cette fois, M. Paul reconnut sans la comprendre : c'était du russe.

— Madame dit que vous l'avez comprise. Elle est très, très heureuse.

— Je l'ai comprise… si l'on veut. Disons que j'ai bien écouté et que…

La jeune étrangère cessa de sourire et, en entendant parler M. Paul, fronça les sourcils. Elle se retourna de nouveau vers la diplomate et lui parla avec une voix d'enfant capricieuse.

— Elle pas contente. Elle veut que vous lui parliez français. Seulement français. Elle a dit même : le meilleur français.

Le gérant fut piqué par la remarque.

— Je n'use peut-être pas du *meilleur* français mais c'est celui que je parle. Et il me semble, madame, qu'il est tout à fait correct.

Il se rendit compte à cet instant que la Kirghize le regardait avec, sur le visage, une expression d'attente angoissée.

— Je vous souhaite la bienvenue en France, prononça M. Paul en dégageant chaque lettre le plus distinctement possible. Il est inutile de vous mettre en colère. Dites-nous seulement de quoi vous avez besoin.

La pauvre fille n'eut pas une lueur d'intelligence, en entendant ce propos. Elle était concentrée à l'extrême mais ne saisissait visiblement aucun mot. Après un long silence, elle se relâcha et se mit de nouveau à sangloter.

M. Paul interpella la Russe avec mauvaise humeur.

— Voulez-vous me dire, à la fin, dans quelle langue cette personne s'est adressée à moi tout à l'heure.

— Je ne sais pas.

— Vous ne savez pas ?

— Non. Ce n'est pas du russe.

— Je m'en doutais. Elle parle russe avec vous. Avec moi, elle emploie un autre idiome. Lequel ?

— Aucune idée.

— Du kirghiz peut-être ? Ils ont bien une langue, ces gens-là…

— Je ne crois pas. Leur langue est un genre de turc. J'ai eu des camarades kirghizes à l'université de Moscou. D'ailleurs, quand elle parle au téléphone avec son père, elle emploie vrai kirghiz et c'est très différent.

— Alors, que parle-t-elle ? Et pourquoi me réserve-t-elle ce charabia ?

La Russe baissa les yeux. Elle avait visiblement un temps d'avance sur son interlocuteur.

— Elle dit qu'elle parle français.

— Français ! Le langage qu'elle a utilisé avec moi était du français ?

— Rassurez-vous. Vous n'êtes pas le premier qui ait du mal avec son français. Depuis qu'elle est arrivée à Paris, elle n'a pas rencontré une seule personne qui la comprenne. Pour ça, elle est très en colère. Ce matin, elle a sonné le garçon d'étage. Il est venu mais ils n'ont pas pu communiquer. Comme on dit chez vous, c'est ça qui a mis le feu dans la poudre.

La pauvre fille s'était assise sur l'accoudoir d'un fauteuil renversé et pleurait doucement. Les trois protagonistes de la scène restèrent silencieux, au milieu des ruines du mobilier. La femme de chambre, qui attendait dehors, ne percevant plus aucun bruit, passa la tête et interrogea son supérieur du regard. M. Paul se leva, retourna deux chaises d'un geste décidé, en proposa une à la Russe et s'assit sur l'autre.

— Je dois tirer ce mystère au clair. Vous allez, s'il vous plaît, traduire pour cette jeune femme mes questions en russe et, en retour, vous me donnerez ses réponses en allemand.

— D'abord, j'appelle ambassade…

— Après. Pour l'instant, faites ce que je vous dis.

La Russe fourragea dans son chignon choucroute et prit l'air à la fois soumis et mécontent d'un subordonné soviétique.

— Demandez-lui, pour commencer, où elle a appris le français et qui le lui a enseigné.

En entendant la traduction de la question, la fille se redressa dans son fauteuil et s'y assit plus confortablement, les jambes repliées sous les cuisses. Elle saisit une serviette qui traînait par terre. Tout en s'essuyant le visage, elle se mit à parler en russe, sur un ton calme et mélancolique. L'interprète l'arrêtait toutes les cinq phrases pour traduire. Le récit coulait de lui-même sans qu'il fût nécessaire de la relancer.

Elle raconta d'abord son enfance. Elle était fille unique. Son père était un homme inflexible et violent qui n'hésitait pas à mettre les gens en prison et même à les éliminer. La Russe était un peu gênée pour traduire de tels propos concernant un haut dignitaire mais, après tout, elle ne faisait encore qu'obéir.

Tout le monde, en Kirghizie, craignait ce gouverneur autoritaire et cruel. Sa femme était morte jeune. La seule personne qui pût désarmer le tyran, c'était sa fille adorée. Pour ses sept ans, il lui avait offert un petit cheval mongol. Ensemble, ils chevauchaient dans les immenses plaines blondes d'épis mûrs, pendant les étés chauds de l'Asie centrale. L'hiver, elle avait un traîneau que tirait un poney tout blanc. Son père montait à l'arrière sur les patins et restait debout en se tenant aux montants tandis qu'elle, emmitouflée dans des peaux, criait des ordres en riant.

Le gouverneur tremblait tant pour sa fille que personne n'avait le droit de l'approcher, à l'exception de quelques serviteurs étroitement surveillés. Elle avait pour elle seule une aile entière du palais, qui donnait sur la cour d'honneur. Son père faisait venir des jouets de toute l'URSS et même des pays frères. Elle avait grandi au milieu des poupées cubaines et des sparteries vietnamiennes. La terreur du gouverneur était que sa fille s'ennuyât.

Ku-min, c'était son nom, avait compris très tôt qu'elle tenait là une arme puissante. Qu'elle soupirât, qu'elle donnât à son regard un air vague, qu'elle se mît à bâiller en plein après-midi et son père, terrifié à l'idée qu'elle pût seulement prononcer le mot ennui, cédait d'avance à tous ses caprices.

Elle lisait beaucoup. Son père lui avait offert les œuvres complètes d'une Française qui ne pouvait pas être tout à fait mauvaise, puisqu'elle était russe. La comtesse de Ségur, née Rostopchine, peupla les nuits de la petite fille. Les traductions du *Bon petit diable* ou du *Général Dourakine* ouvraient à l'enfant un monde nouveau, la France. Dès ce moment, elle désira par-dessus tout le connaître. Son père alimenta cette passion en lui procurant d'autres livres. Balzac, Dumas, George Sand brûlèrent tour à tour au feu de la passion française de Ku-min. Mais le père comme la fille savaient vers quoi cette affaire se dirigeait : l'adolescente finirait un jour par demander à visiter la France et son père serait contraint de refuser.

Dans l'URSS brejnévienne, l'immobilisme était la solution à tout. Il n'était pas question de laisser le chef d'une république soviétique envoyer librement sa fille à l'Ouest. Ku-min le savait. Aussi dévia-t-elle ses exigences vers un objectif à sa portée. Si elle ne pouvait aller en France, elle voulait au moins apprendre le français. Son père accepta avec soulagement. L'affaire se révéla pourtant moins simple que prévu. Ni dans la capitale ni ailleurs dans les steppes n'existait alors de professeur de français. Le gouverneur envoya des émissaires dans les pays voisins et jusqu'à Moscou pour débaucher un de ces oiseaux rares, mais sans succès.

Le père de Ku-min était tenté de renoncer quand, un jour, il apprit que croupissait dans ses prisons un homme parlant le français. Il le fit amener. C'était un étrange personnage que ce prisonnier. Il disait avoir une quarantaine d'années et se prénommer André mais il ne possédait aucun document pour confirmer ses dires. Petit, le crâne légèrement dégarni, il n'était impressionnant ni par la carrure ni par l'apparence. Il se tenait en arrière sur sa chaise avec une expression d'enfant boudeur. Mais dès qu'il ouvrait la bouche, il s'emparait de son interlocuteur et le tenait sous son charme. Son russe était fluide mais teinté d'un accent indéfinissable qui le rendait élégant et conférait à la moindre de ses paroles un surcroît d'intelligence.

Cet André expliqua au gouverneur qu'il était yougoslave par son père, que ses parents avaient fui en Russie à la fin de la guerre et qu'il avait grandi à Tomsk. Ses activités politiques de jeune étudiant l'avaient fait bannir et envoyer à la fin des années soixante dans une bourgade sibérienne d'où il s'était enfui. Quand le fonctionnaire objecta qu'on ne déportait plus en Sibérie à cette époque, le petit bonhomme se contenta de sourire en regardant le mégot qu'il tenait entre les doigts et le gouverneur ne douta pas qu'il en savait plus long que lui.

À vrai dire, il n'en avait cure. La seule chose qui lui importait était de savoir si, oui ou non, il était capable d'enseigner le français à sa fille.

— Le français, monsieur le gouverneur, est ma langue maternelle. Ma mère était la fille d'un communiste de Clichy-la-Garenne qui avait épousé une militante yougoslave d'origine croate. Ils étaient partis s'installer à Zagreb où ma mère est née. À dix-huit ans, elle s'est mariée avec un garçon qui venait du nord de la Yougoslavie et après la guerre…

— Je sais, ils sont venus en URSS, etc. Mais, dites-moi plutôt : le français, seriez-vous capable de l'enseigner ?

— Moi ? Mais c'est comme si vous demandiez à Michel-Ange de repeindre votre cuisine. J'écris des poèmes en français, je rêve en français, je chante en français, si vous voulez…

Il s'était avancé au bord de sa chaise, le buste dressé, et le gouverneur crut qu'il allait se mettre à brailler quelque chose comme *La Marseillaise*.

— Taisez-vous ! Et contentez-vous de répondre à mes questions. Pouvez-vous oui ou non enseigner le français ?

— Oui. Quand souhaitez-vous commencer ?

— Ce n'est pas pour moi, c'est pour ma fille, avoua le gouverneur en baissant les yeux.

Le petit homme eut un sourire ironique dont le gouverneur aurait dû s'alarmer, mais il était trop tard pour reculer. Ku-min lui fut présentée le lendemain.

Auparavant, il avait fallu céder à ses premières exigences. On l'installa dans le bâtiment des domestiques, mais il eut une pièce pour lui seul. Il avait demandé des habits propres « à l'européenne ». Le gouverneur fit retoucher à son intention un des costumes qu'il mettait pour les réunions du présidium.

Quand Ku-min vit André pour la première fois, lavé et parfumé, coiffé avec soin, portant avec une élégante désinvolture le complet que l'apparatchik boutonnait toujours jusqu'en haut, elle ne douta pas un instant qu'il fût français. Pendant ce premier entretien, en présence du père, il se montra extrêmement sérieux et même autoritaire. Il établit d'emblée des règles strictes. Pour apprendre une langue, expliqua-t-il, il fallait respecter différentes étapes et ne pas chercher à aller trop vite. Rien n'était plus préjudiciable qu'une étude désordonnée. Il exigeait que son élève utilisât *exclusivement* (il insistait) les documents qu'il lui remettrait à chaque leçon. Le moment venu, il lui fournirait des livres et des journaux en français. En attendant, elle ne devait sous aucun prétexte chercher à s'en procurer. Le gouverneur, qui tenait les Français pour des bons à rien prétentieux et lascifs, dut admettre que celui-là connaissait son affaire. Il assura qu'il veillerait personnellement à ce qu'aucune publication étrangère ne parvînt à sa fille en dehors de son professeur.

— J'insiste tout particulièrement sur la conversation. Nous allons d'ailleurs commencer tout de suite. « Mon nom est André. »

C'étaient là les premiers mots que Ku-min entendait en français. Elle en fut bouleversée.

— Je m'appelle Ku-min, prononça-t-elle avec précaution, comme si elle marchait pieds nus sur un sentier semé de pierres coupantes.

André lui fit répéter la phrase une dizaine de fois jusqu'à ce qu'elle la prononce sans faute. Il conclut qu'elle ferait de rapides progrès. La jeune fille pleura de bonheur toute la nuit.

Son père, malgré l'antipathie qu'il ressentait pour l'émigré, lui était reconnaissant d'avoir rendu la joie à sa fille. Il accéda avec empressement à toutes ses demandes. Elles se concentrèrent d'abord sur son enseignement. Il obtint de pouvoir correspondre sans la moindre censure avec une librairie de Budapest capable de lui expédier du matériel pédagogique en provenance de l'Ouest. La Hongrie était un pays du bloc soviétique, donc très surveillé. Le gouverneur jugea qu'il pouvait accepter. André se fit ensuite attribuer, denrée rare, une photocopieuse. Il y préparait les petites brochures, tirées de livres et de journaux qu'il gardait sous clef, sur lesquelles étudiait son élève.

Mais plus Ku-min progressait, plus son professeur se montrait sûr de lui et capricieux. Il demanda à loger plus près d'elle. On lui attribua une chambre au même étage, tout au bout de l'aile qu'elle occupait. La fenêtre donnait sur les sommets enneigés qu'on apercevait au sud de la capitale.

Le printemps venu, ils passèrent à l'étude de la nature et au vocabulaire qui s'y rapporte. André exigea une voiture, qu'il conduisait lui-même en fumant, les fenêtres grandes ouvertes. Avec son air blasé, ses yeux brillants, son éternelle cigarette montée sur un embout d'ambre, il avait une allure de dandy.

Ce fut à peu près vers cette époque que Ku-min lui céda. À vrai dire, elle y était prête depuis le premier instant. L'admiration qu'elle éprouvait pour lui était trop absolue pour y mettre des bornes. Ce qu'elle appelait le « français » n'était pas seulement une langue mais une liberté, une grâce, en un mot une civilisation à laquelle elle aspirait à se livrer tout entière. Elle ne pouvait rêver plus belle initiation à la vie que de s'ouvrir dans un même geste à un homme et à la culture qu'il représentait. La nature servit de cadre à cette première étreinte, loin des espions de son père, sur une colline dominant la ville.

Trois années passèrent ainsi, remplies par l'amour et l'étude. Ku-min parlait maintenant couramment. Elle rêvait toujours, mais ses songes, désormais, prenaient des formes plus concrètes et ressemblaient à des projets. Elle se confia à André. Peut-être parviendrait-elle à convaincre son père de les laisser voyager en France,

à l'occasion d'une visite officielle par exemple.
Une fois là-bas, ils lui fausseraient compagnie.
Sous prétexte de collectionner les pièces d'or,
elle avait amassé un petit magot, depuis l'âge de
huit ans. Elle cachait cet argent dans une mallette en bois de cèdre. Un soir, elle la montra à
André. Elle fut heureuse de voir ses yeux briller.

— Crois-tu que ce soit assez pour acheter un
appartement à Paris ?

André confirma que oui et elle lui sauta au
cou. Quelque temps plus tard, il lui annonça
qu'il avait bien réfléchi, que partir ensemble
serait impossible, compte tenu de la surveillance
dont ils étaient l'objet. Le mieux était qu'il passe
à l'Ouest en premier et qu'il prépare tout pour
qu'elle puisse le rejoindre. C'était au début du
printemps de leur quatrième année. Le gouverneur facilita autant qu'il le put le départ du
professeur, trop content de le voir enfin déguer-
pir. Il lui procura des papiers polonais, un visa
pour l'Allemagne fédérale, d'où il pourrait partir ensuite vers la France. Ku-min, elle, donna sa
mallette de cèdre à André, pour qu'il achète
leur future maison. Il refusa d'abord, puis, sur
son insistance, finit par accepter.

Après son départ, elle pleura trois jours, sans
sortir de sa chambre. Puis elle sécha ses larmes
et attendit. La langue française était sa seule compagnie. Elle lisait et relisait les brochures qu'An-

dré avait confectionnées pour elle. Chaque leçon la ramenait aux différentes étapes de leur amour. Elle s'habillait à la française, fumait en tâchant d'imiter l'aisance d'André, son détachement. Les mois passèrent. Il ne revint pas. Et elle ne reçut jamais aucune nouvelle.

Il lui était impossible de croire qu'il ait pu l'abandonner. Elle était convaincue que le gouverneur interceptait tous les messages d'André. Ce furent des scènes affreuses entre le père et la fille. Un jour, excédé par ses accusations, il finit par lui dire que peu de temps après son départ, il avait reçu sur le prétendu professeur un rapport de police accablant.

— C'est un voleur et un affabulateur. Il a été condamné sous diverses identités pour tricherie au jeu et escroquerie dans toute l'URSS et en Pologne. Il paraît qu'en partant d'ici, il aurait filé en Afrique du Sud où il vivrait maintenant avec deux femmes. Au vu du rapport, je me demande même s'il parle le français…

Ku-min accueillit ces révélations avec un grand éclat de rire. André ne parlerait pas le français ! Pauvres cuistres, pauvres barbares ! Ils accablaient un homme sans lui arriver à la cheville. Ils n'avaient aucune idée de sa sensibilité, de sa culture !

La rupture fut immédiate et totale entre la fille et le père. Il en souffrit énormément, fit de constants efforts pour se rapprocher d'elle, sans succès. Et comme un malheur n'arrive jamais seul, le pauvre homme dut affronter les convulsions de l'URSS qui menaçaient son pouvoir. Heureusement pour lui, ces turbulences annonçaient plutôt des temps favorables. Au prix de contorsions politiques délicates, il avait réussi à se maintenir au pouvoir et même à incarner, c'était un comble, l'exigence d'indépendance à l'égard de Moscou. Quant à sa fille, elle vit dans ces événements une occasion inespérée de pouvoir partir. Le rideau de fer se levait lentement. Elle fut l'une des premières en Asie centrale à bénéficier d'une autorisation de voyage vers la France. Et voilà, elle était à Paris depuis trois jours.

Elle n'avait aucune idée de l'endroit où pouvait se trouver André. À vrai dire, comme le temps avait passé sans qu'elle puisse lui donner de nouvelles, elle n'espérait plus rien. Mais, au moins, elle pensait avoir la satisfaction de se plonger enfin dans la culture qu'il lui avait offerte. De là venait son immense désarroi. Elle ne comprenait rien et personne ne la comprenait. Elle vivait un cauchemar.

Épuisée par sa confession, la malheureuse Kirghize se recroquevilla dans son siège. Un silence pesant régnait sur la pièce dévastée.

— Je me demande bien quelle langue ce

salaud a pu lui apprendre, conclut M. Paul, en hochant tristement la tête.

Pendant ce long récit, une petite troupe s'était assemblée sans bruit dans l'entrée de la chambre : deux policiers, trois ambulanciers psychiatriques, et, au premier rang, retenant tout le monde, Virginie, la femme de chambre.

— Je ne comprends pas ce qui se passe, intervint l'inspecteur qui attendait depuis longtemps le moment d'entrer en scène. Cette dame a appris le français, et alors ?

— Alors, c'est autre chose qu'elle parle. Écoutez.

Par le truchement de la Russe, il demanda à Ku-min de dire quelques mots « en français ». La pauvre fille mugit sans conviction un long couplet auquel le policier ne comprit rien.

— Moi, je suis breton et tout ce que je peux vous dire, c'est que ce n'est pas une langue celtique. Tu en penses quoi, Daniel ?

L'autre gardien de la paix était antillais. Il se gratta la tête sous son képi.

— Ce n'est pas du créole non plus.

Ku-min, visiblement, n'espérait plus rien. Elle continuait sur sa lancée, en un long monologue aux accents mélancoliques, déclamé d'une voix théâtrale. Sans doute invoquait-elle les temps heureux où elle parlait cette langue avec son amoureux. Personne n'osait l'interrompre.

Soudain, du fond de l'antichambre, parvint un murmure. Quelqu'un cherchait à s'approcher. C'était le troisième ambulancier, un jeune homme en blouse blanche. Il portait, agrafé sur la poitrine, un petit badge sur lequel était écrit « stagiaire ». Bloqué au deuxième rang, il s'éclaircit la gorge et se mit à parler d'une voix sourde. La Kirghize s'immobilisa. Comme un oiseau qui, dans la forêt, distingue au loin les trilles d'un congénère, elle tendit l'oreille, le visage illuminé par l'espoir. C'était la même langue.

Le jeune homme vit d'un coup la voie s'ouvrir devant lui et avança jusqu'au milieu de la chambre. Il était assez petit, les cheveux blonds déjà rares, mais son attitude était assurée. On sentait qu'il avait du toupet et s'amusait de la vie.

Le dialogue était maintenant nourri entre Ku-min et lui. C'était une vraie conversation, totalement impénétrable pour les autres mais qui, à ses accents, évoquait des retrouvailles joyeuses. Le gérant se laissa attendrir par ce brusque coup de théâtre. L'inspecteur, lui, eut moins de complaisance.

— Voulez-vous nous dire, à la fin, quelle langue vous lui parlez ?

Le jeune ambulancier s'interrompit et dit dans un français à l'accent de banlieue.

— C'est du hongrois. Elle le parle très bien.

— Et vous, pourquoi le parlez-vous ? demanda
le policier, entraîné par son métier à voir des
suspects partout.

— Mes parents viennent de Yougoslavie. Ma
mère appartient à la minorité hongroise de Voï-
vodine. Elle m'a appris sa langue quand j'étais
petit et je la parle encore à la maison.

Ainsi, non seulement ce n'était pas le français
que son soi-disant professeur avait enseigné à
Ku-min mais, à la place, il lui avait appris la seule
langue européenne qui ne ressemblait à aucune
autre et ne lui servirait rigoureusement à rien
pour pratiquer un jour l'anglais, l'allemand ou
le français véritable.

Ku-min avait séché ses larmes et s'était levée.
Elle disparut dans la salle de bains. À travers la
porte, elle cria quelque chose en hongrois. L'ambulancier répondit en riant. Elle toujours dedans
et lui adossé à la porte continuèrent un long
moment leur échange plein de gaieté. Tout à
coup, la porte s'ouvrit et Ku-min sortit. Elle était
méconnaissable. Bien coiffée, maquillée avec
goût, elle était presque jolie. Elle jeta sur la
chambre un regard hautain. Pour un peu, on
aurait dit que c'était la police et le gérant qui
l'avaient mise à sac.

Elle dit un mot, que l'ambulancier traduisit.

— Son père va payer tout ça. Qu'on le mette

sur sa note. Et elle veut qu'on fasse porter ses affaires dans une autre chambre.

— Ce sera fait, dit M. Paul.

Puis il avança vers le jeune homme et l'entraîna à part.

— Maintenant, reprit-il à voix basse, nous devons absolument parler à cette pauvre fille. Il faut crever l'abcès, sinon cela va se reproduire et elle détruira sa nouvelle chambre comme elle a saccagé celle-ci.

— Que voulez-vous lui dire ?

— Mais… il me semble qu'elle doit savoir à quoi s'en tenir à propos de la langue qu'elle parle.

Ku-min s'était rapprochée de la porte. Elle regarda vers le jeune homme en fronçant le sourcil et lui fit signe de la rejoindre.

— C'est inutile… je crois, bredouilla l'ambulancier.

— Inutile !

M. Paul saisit le garçon par le bras et le conduisit un peu à l'écart, vers la fenêtre.

— Pourquoi est-ce inutile ? Quelle explication lui avez-vous donnée ?

— Calmez-vous, monsieur ! Il n'y a rien de grave.

— Répondez-moi.

Le jeune homme se redressa et cligna des yeux.

— Je vous l'ai dit, commença-t-il, je suis fils d'immigrés. Nous sommes arrivés ici quand j'avais sept ans. Je sais ce que c'est d'être étranger dans un pays…

— Allez au fait.

— Le fait, c'est que la langue ne fait pas tout, voyez-vous. On peut la parler couramment et être un exclu.

— Je vous l'accorde, fit M. Paul de mauvaise grâce.

Il n'aimait guère ces mises en cause de l'hospitalité française. Était-ce sa faute, après tout, si des gens naissaient ailleurs ? Mais le jeune homme dissipa toute aigreur, en éclatant d'un rire plein d'insolence et de jeunesse.

— Je veux simplement dire qu'on peut être exclu ici en parlant la langue et… qu'on peut se sentir très bien sans la connaître !

Ku-min, près de la porte, s'impatientait.

— Cette fille veut parler français, reprit-il à l'adresse du gérant, en le fixant cette fois avec sérieux. Elle s'est donné du mal pour l'apprendre. Il ne faut pas lui faire de peine. Elle finira bien par se rendre compte un jour de la situation. Pour l'instant, laissez-la savourer son bonheur.

M. Paul approcha de son interlocuteur et leurs visages se touchèrent presque. Leurs regards se croisaient comme des lames.

— Que lui avez-vous dit ?

— La vérité.

Le jeune homme soutint un moment le regard mauvais du gérant, puis il éclata de rire et dit très fort en prenant les pandores à témoin.

— Que voulez-vous, il n'y a plus de vrais Français de nos jours ! C'est bien regrettable. Elle n'a pas eu de chance. Elle est tombée en arrivant sur des gens, vous, la femme de chambre, ces messieurs de la police, qui parlent un sabir affreux et ne comprennent plus la langue classique qu'on lui a enseignée.

— Heureusement, vous êtes là !

— Pour vous servir ! s'exclama le jeune homme, en mimant un salut du Grand Siècle. Maintenant, pardonnez-moi, mais je dois vous quitter. Il faut que j'aille lui faire visiter… mon pays.

Il se dégagea et rejoignit Ku-min près de la porte. En écartant poliment la petite troupe qui encombrait l'antichambre, ils se frayèrent un chemin vers le corridor. M. Paul crut voir Ku-min saisir le jeune homme par la main.

Un silence gêné s'installa dans la chambre. Les policiers n'avaient pas bien compris ce qui venait de se passer. Virginie, la femme de chambre, pleurnichait nerveusement, en remettant sans conviction de l'ordre dans le mobilier. La diplomate russe tremblait de tous ses membres. Elle avait l'air épouvanté de quelqu'un qui a vu ce qu'il ne devait pas voir et qui craint que ses souvenirs ne le condamnent. Elle aboya quelques mots dans un allemand privé de syntaxe.

— Moi obligation tout de suite envoyer message ambassade. Père vouloir nouvelles sa fille. Quoi dire moi ? Quoi ?

À cet instant, M. Paul jugea qu'il lui revenait d'être au-dessus de l'événement. D'une voix ferme, il lança :

— Dites-lui simplement, madame…, que sa fille est heureuse en France.

Les naufragés

Ma découverte eut lieu au petit jour. J'imaginais ce moment depuis longtemps. Mais j'ignorais quelle forme prendrait l'événement et, tout en le redoutant, je l'attendais.

Chaque matin, depuis plus de quarante ans, je sors de chez moi pour me baigner dans l'océan. J'y vais toujours à la pointe de l'aube qui, sous nos latitudes, est à peu près toute l'année à la même heure. Je quitte la maison enveloppée d'un paréo bleu et blanc. Devant chez nous, la côte est rocheuse. Il faut marcher une cinquantaine de mètres pour atteindre la crique de sable qui a donné son nom à notre lieu : Cricpirate. À l'heure où j'arrive au bord de l'eau, le soleil affleure à peine l'horizon. Les palmiers et toute la végétation alentour se dressent lentement vers le ciel tandis que les nuages, quand il y en a, fatigués d'avoir couru toute la nuit après la lune, s'allongent sur l'horizon et rôtissent au petit feu du soleil. Je lâche mon paréo, le laisse tomber sur le sable et marche nue jusqu'à l'eau. C'est à ce moment précis que je l'ai remarquée.

Elle m'est apparue de dos, car elle regardait la mer. Un peu plus petite que moi, elle avait des épaules larges et elle écartait les bras. J'ai reculé de terreur. À contre-jour, on ne distinguait pas sa couleur. C'était seulement une silhouette noire découpée sur l'horizon flamboyant. Passé la première crainte, je me suis approchée lentement en m'enfonçant moi aussi dans la mer et je l'ai même dépassée, pour la voir de face. À mesure que je la découvrais, je me rendais compte que ce n'était qu'une statue. L'angoisse surnaturelle du premier instant fit alors place à une horreur plus humaine, plus raisonnée, qui n'a cessé depuis de s'approfondir.

Oserai-je dire qu'elle était belle, malgré tout ? Les coudes étaient fléchis et les mains se réunissaient, doigts tendus, en une position de prière. La tête était assez fruste. On reconnaissait tout de suite les stéréotypes classiques : la coiffe pointue, le nez plat, de grands yeux en amande. C'était bien le dieu Shiva mais un Shiva du peuple, sans grâce, et qui n'en convoquait que mieux les superstitions. La matière dans laquelle il était sculpté n'avait certes pas aidé l'artiste à rendre les détails. C'était cette lave grise qui forme le sol de notre île. J'aurais préféré que la sculpture

fût en bois, en métal, en plastique, que sais-je ?
Tirée de la lave, elle paraissait être une émana-
tion de notre petit continent et son caractère
étranger, illégitime, révoltant, en était atténué.

Le soleil se lève vite. J'étais encore en train de
contempler le dieu hindou qui avait atterri là
pendant la nuit et, déjà, toute la côte s'illumi-
nait. Vers le sud, on voyait la houle faire voler
son écume sur le cap des Naufragés. Et, à l'intérieur des terres, une ciselure de l'ombre ouvra-
geait déjà le vert brillant du couvert végétal. Des
yeux indiscrets pouvaient s'y cacher. C'était
l'heure de reprendre mon paréo, de m'en couvrir et de rentrer. Je le fis en tremblant, glacée
comme les jours d'hiver austral, quand soufflent
les vents froids venus de l'Antarctique. Je ne
m'étais pourtant même pas trempée complètement.

Je suis arrivée à la maison. Mon père l'a fait
construire pour moi dans les années soixante.
J'avais dix ans. Il voyait loin. C'est une simple
villa de plain-pied dont les baies sont toujours
grandes ouvertes. Le vent traverse les pièces et
apporte un peu de fraîcheur, même pendant les
jours les plus chauds. Selon son orientation, il
est parfumé par les embruns ou gorgé des pol-
lens de l'intérieur. À l'entour de cette maison,
tout est violent : la mer qui bat les brisants, le
soleil qui nous écrase toute l'année, la chaleur

humide. Pourtant, dans ce lieu géométrique où s'annulent toutes ces forces contraires, la paix atteint une densité inégalée. Je devrais dire atteignait car désormais, *elle* était là.

En temps normal, je vais dans la cuisine, qui est ouverte de tous côtés sur le salon et la terrasse. Je bois un café seule, en laissant retomber l'excitation du bain. Ensuite, je vais réveiller mon mari pour le petit déjeuner. C'est un Français, né à Aubagne. Il s'est baigné dans les calanques pendant toute son enfance mais, pour autant, il ne sait pas ce qu'est une île.

Je garde un souvenir précis du premier jour où j'ai éprouvé physiquement ce qu'était notre enclos de terre. Mon père avait préparé la voiture, c'était une énorme Simca Versailles, avec des ailes chromées et des fauteuils en skaï bleus. Il nous avait fait grimper dedans, ma sœur, mon frère et moi. C'était le grand jour : nous partions enfin faire le tour complet de notre île. Nous avons pris plein nord, par de petites routes qui serpentaient entre les champs de canne. De caps en baies, nous avons mis la journée à tout voir. Et le soir, sans être jamais retournés en arrière, nous nous sommes retrouvés chez nous. Les données du problème nous étaient désormais connues : nous vivions dans un lieu clos, cerné par les eaux. À partir de ce jour, nous n'avons plus cessé de regarder la mer et notre île avec des alternances violentes d'amour et de haine.

Tantôt nous étouffons dans cette prison d'eau ; nous haïssons la mer qui nous sépare du monde. C'est le moment où nous voulons voyager, quitter l'île, rejoindre le reste de l'humanité. Nous sommes tous passés par là. Tantôt nous voyons la mer comme une protection qui nous garde des malheurs du dehors. Chacun de nous a oscillé longtemps entre les deux attitudes puis, peu à peu, le pendule a ralenti et, un jour, s'est arrêté. Ceux qui étaient loin reviennent. Ceux qui étaient restés remercient le ciel. C'est le bonheur que j'avais atteint depuis une vingtaine d'années. Et c'est lui qui s'est brisé ce matin-là.

Mon mari est entré dans la cuisine sans que je l'entende. Il m'a trouvée debout, les bras ballants, les yeux perdus dans le vague, du côté de la crique. J'ai sursauté quand il m'a embrassée.

Éric est un homme doux. Nous sommes mariés depuis plus d'un quart de siècle et nos enfants sont tous partis étudier à l'étranger. Il est le seul être qui me comprenne sans que j'aie besoin de dire un mot. Il serait plus juste de dire qu'il me connaît. S'il devine mes sentiments, mes préoccupations, mes désirs, je suis persuadée qu'il ne perçoit pas la réalité comme moi. L'île, pour lui, fait partie du vaste monde qu'il a décidé de parcourir quand il avait vingt ans. Il a écumé les océans et c'est par hasard qu'il a rencontré l'amour — c'est-à-dire moi. Il s'est fixé dans l'île et y a monté une affaire. Au fond, il pourrait être ailleurs, tandis que moi, je n'ai qu'ici. Ma famille est arrivée au XVIIIᵉ siècle. Il y a, parmi mes ancêtres, des Français et des Anglais, des Hollandais et des Baltes, mais avant tout, ce qui les définissait, c'était la partie de l'île où ils étaient installés. Pour quelqu'un qui vivait sur la côte Ouest, les habitants de l'Est ou des plateaux du centre étaient de véritables étrangers.

Éric a tout de suite senti que quelque chose n'allait pas. Moi qui m'active le matin, j'étais comme paralysée. Je n'avais même pas la force de lui expliquer ce qui était arrivé. Je lui ai simplement dit : « Va à la crique. » Il a enfilé un short, et il est parti.

Quoi que nous décidions, il était trop tard ce jour-là pour entreprendre quoi que ce fût. J'allai m'asseoir dans le salon, en tournant le dos à la mer. Éric revint à ce moment-là.

— Quand ont-ils fait ça ? lança-t-il.

Il avait l'air fâché. Comme souvent, je sentis qu'un malentendu se glissait subtilement entre nous. Nous parlions du même événement mais j'étais sûre qu'il ne lui donnait pas le même sens que moi. Pour lui, l'arrivée de cette statue était

un litige de voisinage, une affaire de préserva-
tion des sites, comme il pouvait en survenir sur la
Côte d'Azur, ou ailleurs. Comprenait-il que pour
moi c'était tout simplement la fin du monde ?

Si j'étais plus précise, je devrais dire que c'était
la fin de la fin. Parce que en vérité, si je dresse
le bilan de ma vie dans cette île et même des vies
de mes ancêtres, nous n'avons pas cessé de sentir
lentement le déclin, qui est une des conséquences de la finitude de notre espace. Chaque
période de l'histoire, en remplissant peu à peu
l'île, en accueillant de nouveaux habitants, hâtait
le moment où tout finirait. C'est difficile à comprendre pour ceux qui viennent d'un continent.
Le vide, pour nous, c'est la nature, la richesse et
la vie. Le plein, c'est l'épuisement de tout, l'ap-
pauvrissement et la mort.

— J'ai bien regardé, reprit Éric en me rejoi-
gnant au salon avec deux cafés. C'est juste posé
sur le sable.

Je compris tout de suite ce qu'il voulait faire.
Nous avions eu la même idée, par le détour de
pensées certainement différentes.

— Tu crois qu'elle est lourde ? demandai-je.

— Non, c'est de la lave bulleuse. À deux, ça
ira bien.

— On le fait cette nuit ?

Il me sourit. Je me levai, allai m'asseoir près
de lui et entourai son cou avec mes bras. Nous

ne sommes plus des jouvenceaux. Je peux même dire que nous vieillissons. La tendresse entre nous prend une tonalité presque douloureuse mais plus belle encore que pendant notre jeunesse. Ce que nous partageons n'est plus seulement la santé, la beauté et la force mais aussi les inconvénients de l'âge, l'angoisse du temps qui vient et les souvenirs, bons ou mauvais, qui ont fait notre vie.

Le grand mythe, sur cette île, est celui de Paul et Virginie. On ne peut pas être amoureux ici et ne pas penser à eux. Quand même nous voudrions les oublier, il y a le monument, à quelques dizaines de mètres de chez nous, qui les rappellerait à notre bon souvenir. Les nuits de tempête, pendant la saison des cyclones, je serre Éric contre moi. Tout craque dans la maison, le vent la traverse en sifflant, des palmes arrachées s'abattent sur la terrasse. Je m'imagine dans le bateau avec Paul, et moi, je suis Virginie. Je partage leurs sentiments. Tout est fort dans cette évocation de la tempête. Tout a une saveur que l'on ne retrouve nulle part ailleurs : la peur de la mort, le goût amer des embruns, les parfums poivrés venus de la terre. Les Blancs d'ici sont tous les enfants d'un naufrage.

À partir du moment où nous avons pris notre résolution, tout est allé beaucoup mieux. Jamais je n'aurais cru qu'une journée pût être aussi longue. Nous avons déjeuné sur la terrasse et je me suis occupé l'esprit en cuisinant un curry compliqué.

Dans la crique, il y a eu un peu de monde, comme d'habitude, à partir de la mi-journée. Il n'y a pas de village proche de chez nous. Il faut faire des kilomètres pour arriver ici. Nous sommes à l'écart des grandes foules.

Autrefois, j'ai connu cet endroit complètement désert tout au long de l'année. Quand mon père nous y amenait, il arrivait parfois qu'une autre famille créole ait eu la même idée. Nous savions forcément de qui il s'agissait. Les messieurs soulevaient leur chapeau, échangeaient quelques mots, tiraient sur leur gilet et chacun allait installer sa marmaille à l'autre extrémité de la plage.

Notre domaine familial est à quelques kilomètres d'ici. Après la mort de nos parents, ma sœur aînée en a hérité. C'est une grande maison à colonnes. Mon beau-frère, qui est un grand chasseur, a installé ses trophées dans la cave, avec sa collection de fusils. Du coup il a fallu faire blinder les portes et installer des alarmes. Quand nous étions petits, la maison ne fermait jamais. Les jours où nous partions à la plage, nous emmenions tout le monde, des cuisiniers aux femmes de chambre, et la propriété restait vide. Il faut dire qu'aujourd'hui, le parc a été réduit à presque rien. La ville encercle la maison tandis qu'à l'époque, elle était située en pleine campagne.

Comment parler de ce passé sans apparaître comme une affreuse nostalgique du temps colonial ? On ne peut pas bien décrire aujourd'hui cette société à la fois hautement civilisée et qui, néanmoins, reposait sur la violence de l'esclavage. Elle était raffinée et barbare, divisée en castes rigides et pourtant égalitaire, contrainte par mille lois et usages qu'il était impossible de transgresser et pourtant plus libre que nous ne le sommes aujourd'hui. Une autre société est née, qui a rendu incompréhensible celle qui l'a précédée.

Après la naissance de notre dernier enfant, j'ai eu la tentation d'écrire un roman sur cette époque engloutie, à la manière d'*Autant en emporte le vent*. Je me suis arrêtée au bout d'une centaine de pages. Elles sont toujours dans un tiroir. La difficulté pour moi n'était pas seulement l'écriture. Le véritable obstacle, pour évoquer ce monde, était d'en parler au passé. Car, s'il a en tant que tel disparu, nous n'en sommes pas sortis pour autant. Quand je dis nous, je parle de ceux, qui, comme moi, y sont nés. Secrètement, je lui appartiens toujours. Nous l'avons reconstitué autant qu'il était possible. Nous nous sommes enfermés dans nos propriétés, nous avons élevé des murs d'enceinte, nous avons fui à la campagne puis jusqu'au rivage. Finalement, l'océan nous a arrêtés. Et nous voici dans notre maison isolée, face à la mer. En gardant les yeux tournés vers l'horizon, nous nous offrons le luxe de penser que l'île n'a pas changé. Nous avons seulement différé le naufrage. Et puis, un jour, à l'aube, la réalité nous rattrape...

Mon mari a beau être à la retraite, il continue de diriger une petite boîte d'électronique maritime pour les plaisanciers. Les bureaux sont à l'entrée de la capitale. Il devait s'y rendre ce jour-là pour des réunions. Il m'a laissée seule. Plutôt que de ruminer à la maison, je suis allée dans un grand hôtel, à quelques kilomètres de chez nous, pour y déjeuner et passer chez le coiffeur. Ces palaces hébergent des touristes qui ne connaissent pas l'île et s'en font une idée à travers l'établissement qui les accueille. Tout est conçu pour qu'ils n'aient pas besoin d'en sortir. On trouve sur place les services les plus variés, du salon de massage à la bibliothèque, en passant par toutes les activités sportives imaginables. Autrefois, il m'arrivait d'engager la conversation avec des touristes. Mais, aujourd'hui, leur ignorance me décourage. Passe encore qu'ils ne connaissent rien de l'île. Mais ils remplacent la curiosité par des certitudes glanées dans les guides. Inévitablement, ils vous récitent le même couplet sur « la cohabitation harmonieuse de toutes les ethnies ». Si on a le malheur d'avouer que l'on appartient à la vieille caste des planteurs, ils s'écrient, en hochant la tête d'un air entendu : « Ah, oui, ce 0,2 % de la population qui s'accroche à ses privilèges. » C'est tout juste s'ils ne vous demandent pas si vous avez encore des esclaves.

Nous sommes à leurs yeux les représentants d'un système qu'ils condamnent sans autre forme de procès. Pourtant ils ne semblent pas gênés que toute l'organisation de ces hôtels soit calquée sur la vie de nos demeures, à la grande époque du Dominion. Les Blancs y occupent les postes de direction ; des Africaines en blouse font les chambres ; des Indiens souriants assurent le service et les Chinois sont aux cuisines. Les plages sont interdites aux autochtones. Seuls quelques pêcheurs en barques traditionnelles, dûment enregistrés, sont autorisés à gesticuler devant les parasols, pour ajouter quelques taches pittoresques et colorées sur l'écran turquoise de la mer.

Si j'avais arrêté un des touristes que j'ai rencontrés ce jour-là à l'hôtel et si je lui avais décrit ce que nous nous apprêtions à faire, il aurait bondi d'indignation. Ces Paul et Virginie à la petite semaine sont les pires ennemis des vrais naufragés insulaires que nous sommes.

Vers cinq heures, je croisai en voiture un flot

de baigneurs indiens qui rentraient des plages et regagnaient l'intérieur des terres. Quand j'arrivai à la maison, le crépuscule se préparait. Les couchers de soleil sur cette côte sont réputés, à juste titre, pour leur beauté. Mais je déteste ce spectacle. Autant j'aime l'aube, avec ses frimas glacés, sa promesse d'un nouveau jour, cette impression de revoir un soleil purifié par sa plongée nocturne dans les eaux, autant le crépuscule me paraît un drame grand-guignolesque. Je déteste le rouge. Il n'y a pas une seule fleur chez nous de cette couleur, même les hibiscus. Pendant que le soleil se couchait, je suis allée prendre une douche et me changer. Mon mari est rentré à ce moment-là. Lui aussi a ôté ses vêtements de ville, pour revêtir une tenue appropriée à la mission que nous allions entreprendre : jean noir, tee-shirt sombre, baskets aux pieds.

— J'ai consulté le calendrier lunaire, me criat-il à travers la porte de la salle de bains.

À son ton, je sentis qu'il était en forme.

— Et alors ?

— La nuit sera noire jusqu'à deux heures du matin.

— Idéal !

Nous allions, pour la première fois depuis très longtemps, nous livrer à un acte criminel. Dans l'île telle qu'elle est aujourd'hui, il n'y a peut-être pas de pire transgression pour des Blancs que celle que nous allions commettre. Malgré cela, ou peut-être à cause de cela, Éric était heureux. J'aimais en lui cette énergie, ce courage, cet enthousiasme. À la subtile névrose insulaire, il apportait la très pure et très naïve force de quelqu'un qui a des idées simples sur le bien et le mal.

Nous avons dîné légèrement, en jetant, de temps en temps, des coups d'œil sur la crique. Il y avait peu de vent et la mer était calme, ce qui nous faciliterait d'autant la tâche. Éric a regardé les titres du journal à la télévision. Le président de l'île, un Indien d'allure très britannique, tenait un meeting dans le centre du pays. Dans la foule massée devant lui éclataient les taches rouges des saris. Je lui ai demandé de changer de chaîne. À cause du rouge.

À dix heures, Éric a sorti le 4 × 4. Ce n'est pas la voiture la plus discrète pour conduire de nuit. Mais il nous fallait avancer au plus près du rivage sans nous ensabler. En marche arrière, Éric est parvenu à l'amener jusqu'à une quinzaine de mètres de l'eau. Nous avons attendu un moment dans l'obscurité, pour voir si nous n'apercevions pas d'ombres suspectes. La nuit, il reste parfois sur la plage des amoureux ou des ivrognes. Ce soir-là, rien ne bougeait.

Alors, nous avons retiré nos chaussures et relevé le bas de nos pantalons. Nous sommes entrés dans l'eau et avons avancé jusqu'à la statue. La mer était chaude et calme. Dans l'obscurité complète, Shiva était encore plus impressionnant qu'en plein jour. Il paraissait plus grand. Je doutai un instant qu'il nous fût possible de le soulever, mais Éric l'avait déjà saisi par les épaules. La statue s'inclina sans difficulté et, bientôt, se trouva allongée dans l'eau comme un tronc d'arbre ou un cadavre.

— Prends-le par les pieds, me dit-il.

Le bloc de lave était lourd mais pas autant que je le craignais. Il fallut tout de même s'y reprendre à plusieurs fois jusqu'à la voiture. Le sable était mou et nous faisait trébucher. Éric avait retiré la banquette arrière et nous avions assez d'espace pour y coucher la statue.

— Il n'y a pas de temps à perdre, allons-y, souffla-t-il.

Nous sommes remontés en voiture. Silencieux, troublés par la présence muette du dieu allongé derrière nous, nous avons pris le chemin de l'intérieur. En sortant de la maison, la route traverse d'abord des champs de canne à sucre qui étaient évidemment déserts. Je jetais de temps en temps un coup d'œil vers Éric. Il gardait les lèvres fermées et serrait les mâchoires. Quand il s'apprête à affronter un danger, il a ce réflexe, comme un petit taureau.

La première difficulté survint quand nous abordâmes le grand village qui s'est développé au carrefour entre le chemin de la côte et la route principale. Quand j'étais enfant, il y avait seulement là une petite église fréquentée par les travailleurs agricoles, un bar qui vendait de l'alcool de canne et un vulcanisateur de pneus.

Aujourd'hui, c'est une ville indienne. La route se glisse entre deux rangées continues de façades à un ou deux étages. Ce sont des constructions pauvres, en parpaings, terriblement désordonnées. Certains murs sont peints de couleurs criardes, d'autres couverts de carreaux de salle de bains, d'autres encore laissés nus. Toutes les maisons sont couronnées par des fers à béton dressés à la verticale, comme des cheveux hérissés. Ils sont là en prévision d'extensions futures quand arriveront de nouveaux enfants.

Nous nous y faisons toujours prendre : quand, autour de chez nous, tout est déjà sombre et désert, le village fourmille encore de monde et brille de toutes ses lumières. Il semble que l'activité ne s'y arrête jamais. C'est une des qualités remarquables des Indiens que de n'être jamais en repos. Malgré l'heure, nous avons débarqué au beau milieu d'une foule animée.

La voiture, en roulant dans les rues du village, était violemment éclairée par les néons des façades. Nous avions négligé de couvrir Shiva. Si, par malheur, nous devions nous arrêter, un

passant qui jetterait un coup d'œil dans la voiture pourrait facilement remarquer la statue.
Heureusement, nous avons traversé le village
sans incident. À la lumière du dernier lampa-
daire, je remarquai que le front d'Éric était perlé
de sueur, alors que la nuit n'était pas chaude.

Sur la route principale que l'on appelle ici la
circulaire parce qu'elle fait le tour de l'île, la
voiture, lancée à plein régime, râlait dangereu-
sement. Nous avons traversé d'autres villages
sans ralentir. L'un d'entre eux se terminait par
un vaste bâtiment parallélépipédique de béton,
éclairé par des néons bleus et surmonté par une
grande croix. C'était un temple luthérien, « Les
Frères du Dernier Jour ». Éric me jeta un coup
d'œil et sourit. Nous plaisantions souvent à propos de cette église. Je lui disais que c'était nous,
les frères du dernier jour, lointains descendants
des premiers arrivants, auxquels il reviendrait le
triste privilège de mettre un terme à ce séjour de
trois siècles au paradis.

Éric se moquait de ma vision du monde, à
rebours de celle des chrétiens. « Pour toi, me
disait-il, la terre est éternelle et c'est le paradis
qui aura une fin. » Il n'avait pas tout à fait tort.
On pouvait même filer la métaphore. C'est au
paradis que nous avons commis ce qui pour
nous a tenu lieu de péché originel, je veux dire
l'esclavage. Paul et Virginie n'auraient pas pu

engendrer la brillante société blanche qui a régné sur l'île sans recourir à ce crime. Si l'on compare leur naufrage à la Création, il faut reconnaître que Dieu n'a pas disposé sur cette terre insulaire deux créatures, un homme et une femme, mais trois. Et la troisième était un esclave. L'harmonie, la paix, la prospérité qui caractérisaient cet âge d'or comportaient un envers soigneusement caché. Cette part d'ombre n'a cessé de croître et de nous disputer notre lumière. Le monde servile a toujours eu deux visages : celui, maternel, familier et doux de nos nourrices, cuisinières, gouvernantes, et celui, violent et dangereux, des esclaves marrons, des révoltes sanglantes et des condamnations internationales. Finalement, nous avons remplacé l'esclavage par le travail libre, mais toujours misérable. Nous avons fait venir des Chinois, des Malais et des Indiens du Bihar, qui devaient finalement supplanter tous les autres. Et la vie a repris de plus belle.

Je suis née aux derniers temps de cette époque de fêtes. Nous allions en carriole d'un domaine à l'autre ; nous étions jeunes, insouciants, riches, beaux et blancs. Nous étions des maîtres, et dans le monde ordonné sur lequel nous régnions, chacun était à son poste. Les castes ne se mélangeaient pas. Hors de la nôtre, rien n'existait pour nous. Les Indiens étaient dans les champs

ou dans les villages, mais nul n'y prêtait attention. Ils avaient leur place, de même que les
vaches ont la leur dans les étables, les outils dans
les remises, les récoltes dans les greniers.

À chaque fois qu'ils s'organisaient pour con-
quérir des droits, nous leur laissions un peu plus
d'espace, comme quelqu'un qui se pousse sur
une banquette sans adresser la parole à un voisin
qui prend ses aises. Plus leur nombre augmen-
tait, plus le nôtre devenait ridiculement minori-
taire, moins nous voulions les voir. Comme si,
en évitant de poser le regard sur eux, nous les
avions privés de l'existence véritable, la seule qui
comptait à nos yeux, celle qui se déroulait dans
notre monde.

Éric ne m'avait rien dit, mais j'avais deviné où
il nous menait. En bon Français métissé de partout, descendant en part variable de Maures et
de Catalans, de Basques et de roulier breton, il
n'avait aucune idée préconçue sur les autres
communautés. Il manifestait même un certain
intérêt à leur égard. Dans ses entreprises, il avait
engagé des Indiens, des Chinois et toutes sortes
d'Africains, notamment des musulmans arrivés
de la côte zanzibarite. Il n'avait pas avec eux les
rapports de politesse froide par lesquels s'expri-
maient la peur et le mépris que suscitaient chez
les aristocrates de l'île les castes serviles. Il était
capable de les écouter, de rire de leurs anec-

dotes, de compatir à leurs deuils, de participer à leurs cérémonies. Il s'intéressait à leurs croyances, à leur histoire, à leurs langues. Il faisait tout cela sans moi, parce qu'il savait que c'était au-delà de mes forces. Et je tolérais cet engouement comme on pardonne à un enfant l'absurdité de ses jeux. D'ailleurs, petit à petit, Éric en était revenu. À mesure que les relations dans l'île se tendaient, et surtout depuis que les Indiens s'étaient emparés du pouvoir politique, tous les Blancs étaient rejetés dans la même catégorie : celle des anciens esclavagistes. Éric fit quelques expériences amères. Peu à peu, il s'aligna sur mon attitude et se mit, lui aussi, à rechercher l'isolement et la solitude. Lui qui ne s'était jamais beaucoup attaché à notre maison, qui la trouvait trop à l'écart de la vie, trop plongée dans la nature végétale et marine, il a commencé à l'apprécier. Ses sorties pour affaires se sont réduites et il n'est bien que chez nous.

Pourtant, du temps où il fréquentait des Indiens, il lui restait une bonne connaissance de leurs coutumes et des hauts lieux de leur culture. Je me doutais que c'était vers l'un d'eux qu'il nous conduisait.

Nous avions quitté la route circulaire et bifurqué vers l'intérieur. Nous roulions dans une zone de l'île pratiquement dépourvue de villages. Tout était noir au-dehors, en l'absence de lune.

Au régime du moteur, j'ai compris que nous gravissions une longue côte. Éric nous menait vers ces régions boisées et montagneuses du centre que je connais mal. L'aristocratie ne jugeait dignes d'elle que des morceaux de choix, les bords de mer, ou de rivière, éventuellement les hauteurs de la capitale. Les mornes du dedans, impropres à la culture, étaient laissés à l'abandon, avec leurs forêts primitives. Jadis, les esclaves marrons y trouvaient refuge. Quand les immigrants asiatiques arrivèrent, ils y avaient, paraît-il, dissimulé toutes sortes de cultes.

Depuis que la pratique de tous les cultes est autorisée très officiellement jusque dans les moindres villages, ces sanctuaires cachés n'ont pas perdu de leur puissance, tout au contraire. Les Indiens, en particulier, les fréquentent assidûment. Je suppose qu'ils les réservent à des vœux intimes. Ils y cherchent le secours de divinités plus sauvages et plus puissantes que celles qui végètent dans les temples en ciment, offerts aux yeux de tous, sur les bords de route.

Je me rappelai maintenant qu'Éric, il y a une quinzaine d'années, à l'époque où il se passionnait pour la civilisation indienne, m'avait amenée dans un de ces repaires sacrés. Les arbres, dont les troncs serrés tenaient lieu de colonnes, formaient, à une vingtaine de mètres du sol, une voûte à travers laquelle filtrait à peine le soleil.

Les statues de divinités hindoues étaient répar-
ties çà et là dans l'espace, comme les œuvres
d'une exposition.

Peut-être était-ce pour retrouver ces décors
naturels, mais dans un cadre plus serein, que les
Indiens, ces dernières années, s'étaient mis à
construire des sanctuaires sur les côtes et même
dans la mer. Peut-être aussi était-ce pour montrer
que plus un seul arpent de l'île ne leur était inac-
cessible. Ils commençaient en général, comme
chez nous, par une statue discrète érigée dans le
sable. Puis il en venait d'autres et, petit à petit,
la plage devenait un sanctuaire. Des foules de
plus en plus nombreuses s'y rassemblaient. Pour
vivre et pour mourir plus près des divinités, des
vieillards, des malades, des Sâdhus élisaient
domicile dans leurs parages. Des vendeurs de
chapatis logeaient leurs baraques aux alentours,
pour profiter de l'aubaine. En peu de temps, le
lieu désert ressemblait aux rives du Gange. La
maison d'une de mes cousines, située en bordure
de mer sur la côte Sud, s'était retrouvée ainsi au
centre d'un lieu de pèlerinage de cette nature.

Ma cousine a finalement déménagé en Europe. Mais elle est beaucoup plus jeune que
moi. Elle a des ressources mentales et morales
que j'ai personnellement épuisées…

Quelles pensées ruminait Éric silencieusement
pendant que la voiture ronflait dans la pente ?

Certainement pas ces questions abstraites. C'est un esprit pratique. Il aime les détails dans lesquels, selon lui, réside le succès de toute entreprise. Un de ces détails lui vint à l'esprit à ce moment-là.

— Va à l'arrière et couvre-le. Il y a un vieux plaid dans le coffre, sous la banquette de gauche.

Je me glissai entre les sièges et allai chercher la couverture. À la lumière de ma torche, je voyais la statue couchée sur le dos, qui souriait de façon énigmatique. C'est là que j'ai pris conscience du danger. Dans l'île aujourd'hui, avec la sourde hostilité de nos communautés, le moindre incident pouvait allumer un brasier. Qu'une représentante de la plus ancienne famille de planteurs de l'île fût prise en train de voler (oui, on dirait évidemment voler, à moins que les journalistes ne préfèrent « profaner ») une divinité indienne, voilà qui déclencherait un scandale inouï. Habilement exploité, l'incident pouvait provoquer des représailles violentes, justifier des pillages, voire des crimes.

J'avais déjà couvert la statue et rejoint mon siège quand la patrouille nous arrêta.

Ils étaient deux, un vieux et un jeune. Le vieux nous aborda le premier. Il avait un visage ridé, les dents de devant écartées. Il parlait avec des tournures précieuses. C'était visiblement un homme sur lequel avait pesé l'ordre ancien, celui des serviteurs qui craignaient leurs maîtres.

— Madame, monsieur, bonjour à vous. Pourriez-vous me montrer les papiers de la voiture, je vous prie ? Et les vôtres, s'il vous plaît.

Pendant qu'Éric extrayait les documents glissés dans le pare-soleil, l'homme jetait des coups d'œil dans l'habitacle. Bien sûr, j'avais oublié d'emporter mon passeport. C'est une chose inconcevable pour moi de devoir me munir d'une pièce d'identité sur l'île. Notre famille y est si anciennement établie, si illustre, que, depuis l'enfance, je suis accoutumée à être reconnue partout. C'était même l'un des signes par lesquels je me sentais chez moi. Ailleurs, il me fallait tirer mon existence de cette autorisation que vous donnent les autres et qu'on appelle l'identité. Ici, j'étais aussi naturellement moi que la mer, les champs de canne ou les mornes. Mais ce temps était révolu et je m'étais mise en défaut.

Éric, lui, avait une fois encore pensé à tout. Il sortit nos deux passeports de la poche de sa chemise. L'homme, en les consultant, fit un léger salut de la tête. Mon nom de jeune fille lui disait quelque chose et il s'inclinait devant ce qu'il avait représenté. Malheureusement, au même moment, nous parvint la voix agressive du jeune policier. Il faisait le tour de la voiture en braquant sa torche dans les vitres. Il dit quelque chose à son collègue en hindi.

Mon cœur s'emballa. Je me rendis compte que je n'avais vraiment pensé à rien. Ni aux patrouilles sur la route, pourtant de plus en plus fréquentes depuis que les bandes de délinquants écumaient les campagnes. Ni à la nécessité de fournir une explication à notre présence en pleine nuit aussi loin de chez nous. Nous nous étions jetés dans la gueule du loup.

— Où allez-vous ? demanda le vieux policier que l'agressivité de son jeune collègue contraignait à prendre un ton d'autorité.

Que pouvions-nous répondre ? Je regardai Éric et, en le voyant calme et naturel, je ressentis pour lui une tendresse immense. Il avait tout anticipé.

— Il y a une église un peu plus loin, vous la connaissez ?

— Non.

— Pas étonnant, il faut vraiment la chercher. À vrai dire, c'est une chapelle construite sur un piton rocheux en pleine forêt. On l'atteint en une bonne demi-heure de marche.

Le policier respirait la bouche ouverte. Ses deux incisives soulevaient sa lèvre et lui donnaient l'air d'un gros lapin inoffensif.

— Il y a un pouvoir, dans cette chapelle, continua Éric, décidément parfait. On dit qu'elle guérit les maladies des femmes. Mais il faut s'y rendre de nuit, avant l'arrivée de la lune, et prier.

L'homme jeta un regard vers moi. Il eut le tact de ne pas en demander plus.

— Je comprends, dit-il en clignant lentement des paupières.

Éric était un génie ! J'avais envie de l'embrasser, mais le jeune garde ne laissa pas durer mon soulagement. Il revint vers nous et, d'une façon grossière, bien en rapport avec les nouvelles mœurs de l'île, nous interpella.

— Qu'est-ce que vous transportez, là-derrière ?

Nous y étions. Je sentis une suée m'inonder le dos. Finir dans l'infamie, ma famille ou ce qu'il en restait ne me le pardonnerait pas. J'imaginais le procès, la campagne de presse, la haine.

Éric aussi parut décontenancé. Mais c'était une ruse magnifique.

— Rien, dit-il en se troublant.

— Comment, rien ? Il y a un gros truc sous une couverture.

Éric se retourna et scruta la cabine avec un naturel parfait.

— Qu'est-ce qu'ils ont laissé, encore, ces gaillards ? bougonna-t-il.

Puis, revenant aux policiers, il leur expliqua en souriant :

— Vous comprenez, c'est la voiture de ma

boîte. J'ai préféré prendre celle-ci plutôt que la nôtre, parce que c'est un 4 × 4. Avec les chemins creux, là-haut, pour arriver à la chapelle…

— Vous ne savez pas ce que vous transportez dans votre voiture ? insinua le jeune policier, sur un ton de mépris ironique.

— C'est vrai, je dois être un patron trop coulant. En fait, je laisse mes contremaîtres utiliser nos véhicules quand ils en ont besoin. Je me doute qu'ils font leur business avec mais ça m'est égal. Du moment qu'ils font bien leur travail.

— Qu'est-ce qu'elle fabrique, votre entreprise ? demanda le plus âgé des deux flics.

— On ne fabrique rien, on importe et on vend. De l'électronique pour les bateaux : sonar, GPS, radio, ce genre de choses.

— J'ai mon neveu qui travaille là-dedans aussi, le fils de ma dernière sœur. Il s'appelle Kumar…

— Vous pouvez ouvrir le coffre, glapit le plus jeune, qui s'impatientait.

— Kumar… Attendez, il y a eu un Kumar dans mon équipe. J'emploie beaucoup d'Indiens, vous savez, et je mélange un peu leurs noms. C'est un homme de quarante ans à peu près ?

— Non. Je ne crois pas que ce soit lui. Ce Kumar-là est encore un gamin.

Le policier, tout en parlant, avait sommairement examiné nos papiers. Il les tendit à Éric en souriant.

— Merci de ne pas nous retenir plus. Il ne faut pas qu'on s'attarde, si on veut voir apparaître la lune.

— Le coffre...

— Allez-y, trancha le policier, qui fit taire son jeune collègue en étendant un bras, comme pour lui barrer la route.

L'autre était furieux, mais la discipline hiérarchique devait lui ôter les moyens de s'opposer aux décisions de son aîné. Nous partîmes sans attendre que la discussion s'envenime. Pendant un long moment, nous restâmes sans rien dire. Au bout d'un kilomètre environ, Éric gara la voiture sur le bas-côté, posa le front sur le volant et souffla profondément.

— Tu as été magnifique, lui dis-je.

Il me sourit. Dès qu'il fut de nouveau en état de conduire, il redémarra. Nous n'étions plus très loin. La route serpentait dans la montagne. Il y eut soudain une ligne droite et un long replat. Éric fit entrer le 4 × 4 en marche arrière sous une sorte d'arc de triomphe en bois, qui devait marquer l'entrée du temple.

Tout fut expédié très vite. Nos forces étaient décuplées par la peur. C'était le moment le plus délicat. Nous aurions pu, à l'extrême rigueur, expliquer la présence de la statue dans la voiture. Mais si on nous prenait en train de la porter nous-mêmes, il ne serait plus possible de mettre l'affaire sur le dos des employés de la boîte... Shiva me sembla beaucoup moins lourd que sur la plage. L'air plus froid des hauteurs était stimulant. Nous installâmes le dieu en bonne compagnie, au milieu d'un groupe de cinq ou six statues dont l'obscurité cachait les traits. Éric creusa un peu le sol boueux et cala la statue solidement. On ne remarquait pas qu'elle avait été déposée à la hâte. Sa présence passerait pour une nouvelle offrande votive.

Nous arrivâmes à la maison à quatre heures du matin. Nous n'avions pas cessé de rire et de plaisanter dans la voiture. Nous nous sommes quand même mis au lit mais c'était sans la moindre intention de dormir. L'aube est venue et je suis allée prendre mon bain matinal dans la mer. La crique était de nouveau déserte. Il ne restait aucune trace de la visite impromptue d'un dieu hindou. Paul et Virginie avaient triomphé.

Qu'on me comprenne bien : je ne défends pas l'ordre ancien, quand nous étions les maîtres de l'île. Tout ce que je demande, c'est de conserver autour de moi une ultime portion de ce passé, pour continuer à respirer son air, sans lequel je ne peux pas vivre. Cette bulle, c'est ma maison et notre crique. Je n'ai besoin de rien d'autre.

Notre petite expédition a été une renaissance. Je vivais désormais chaque minute intensément.

Dix jours ont passé. Dix jours d'un bonheur renouvelé, comme l'accalmie avant une tempête. Notre petit coup de main n'avait eu, en apparence, aucune conséquence. Nous ne reçûmes même pas la visite de la police. Cela signifiait que personne n'avait porté plainte. Il n'y eut aucun attroupement sur la plage, aucune tension parmi les visiteurs habituels du site. Je me sentais pleinement rassurée. Mon attention s'est relâchée et je n'ai pas remarqué, les semaines suivantes, l'agitation des baigneurs qui venaient un peu plus nombreux dans la journée et surtout s'attardaient le soir sur la plage. Je n'ai pas vu les camions garés la nuit à la lisière du sable. Plusieurs soirs, nous avons dîné sur la terrasse et aucun bruit suspect ne nous a alertés. La nuit fatale, j'ai dormi, bercée par le vent d'ouest, celui qui fait siffler les palmiers et soulève de hauts rideaux d'écume.

Si bien que c'est au dernier moment, en mettant les pieds sur le sable de la crique, que j'ai compris. À l'emplacement exact du Shiva que nous avions expulsé, en quelques heures mais au terme sans doute d'une longue préparation, un temple complet avait été dressé. Des rochers, déplacés de la côte, servaient de fondations. Ils soutenaient des murs en parpaings couverts d'un enduit à peine sec et déjà éclaboussé d'embruns. Au fond du sanctuaire, éclairé par une petite lucarne ouverte du côté de la mer et qui laissait passer la lumière de l'aube, un autre Shiva était revenu, et avec lui Ganesh, Brahma, Vishnou, et quatre ou cinq autres.

Déjà, de l'intérieur des terres, j'entendais battre les tambours et briller des centaines de torches. L'immense procession avançait, pour célébrer la naissance du jour et consacrer le nouveau temple. La foule indienne arrivait de partout, calme, résolue, victorieuse…

J'ai écrit ces pages dans notre chambre vide. Les meubles sont déjà partis. Des planches sont clouées sur toutes les fenêtres. Éric est allé enregistrer les bagages à l'aéroport. Heureusement, il ne s'est pas rendu compte, pendant que nous déménagions, que j'avais gardé un de ses revolvers. Quand il passera me chercher, à huit heures, il sera trop tard.

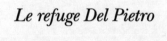

Le refuge Del Pietro

Dans le massif des Dolomites, qu'Italiens et Autrichiens se disputent, l'alpinisme ne ressemble pas à ce qu'il est ailleurs dans les Alpes. Les Autrichiens lui ont apporté leur vigueur et leur audace : de grandes voies verticales se déploient sur les parois les plus lisses. Mais les Italiens, tout en prenant part eux aussi à d'importantes ouvertures, ont tempéré leurs peines par une élégance, une joie de vivre, un bonheur que l'on ne sent nulle part mieux que dans les refuges. Rentré des solitudes de rocher, on y est immédiatement accueilli par des odeurs de polenta ou de risotto. Les tables de bois, tyroliennes encore par leur forme, deviennent péninsulaires quand y paraît, salué par des cris de joie, un plat fumant de spaghetti all'Amatriciana. L'effort accompli, le vide vaincu, l'épreuve de la peur et parfois de l'orage terminée, les plus forts alpinistes se mêlent aux touristes qui, pour la plupart, sont montés jusqu'au parking en voiture. Ils ont porté sur cinquante mètres le manteau de fourrure acheté très cher à Cortina d'Ampezzo mais le récit qu'ils font tout essoufflés de cet exploit est souvent plus spectaculaire que celui des grands montagnards.

Nul ne s'en offusque, et les sportifs semblent même désireux de tenir dignement leur rang, au milieu de ces élégances. J'ai vu plus d'une fois, derrière un rocher, à l'endroit où un dernier coude du sentier dissimule encore le refuge, des alpinistes fourbus, noirs de barbe, les mains éclatées, s'arrêter un instant, poser leur sac et tirer d'une poche un bout de peigne et un miroir, pour remettre leurs cheveux en ordre avant d'entrer.

Rien ne se fait de grand dans les Dolomites qui ne parte d'un de ces refuges et y retourne, c'est-à-dire qui n'aille, quel que soit l'enfer entre les deux, d'un bonheur à un autre. Beaucoup de Français restent étrangers à cet esprit local et s'obstinent à confondre le courage avec l'austérité, le sérieux avec la tristesse, la volonté avec le désespoir. Consciemment ou non, ils sont fidèles à la sinistre devise « Pour la Patrie, par la montagne ». Cela donne lieu, parfois, à de petites mésaventures dont on ne sait s'il faut les qualifier de tragédie ou de farce, comme celle qui me revient en mémoire aujourd'hui.

Cette année-là, avec un de mes amis, nous étions partis grimper dans la région du Passo Falzarego. Après une semaine de courses, nous avions décidé de redescendre dans une vallée pour poster du courrier et acheter des vivres. Il était trop tard ensuite pour remonter vers un refuge d'altitude et nous n'avions d'autre choix que de passer la nuit dans le village où nous nous étions ravitaillés. Il servait de station de ski l'hiver et quelques hôtels restaient ouverts tout l'été, mais ils étaient presque vides. Le restaurant sans intérêt où nous étions entrés pour dîner était pratiquement désert, à l'exception d'un homme âgé qui lampait seul sa soupe près d'une fenêtre. Nous n'osâmes pas refuser quand la patronne nous installa précisément à la table voisine.

L'homme était de petite taille mais sa silhouette sportive dénotait une excellente condition physique. Il portait une barbe grise qui ne paraissait pas habituelle et révélait plutôt un manque de soin. Ce détail était d'autant plus surprenant qu'il était très correctement habillé. À vrai dire, son accoutrement avait même dû nécessiter beaucoup de recherche, car c'était une véritable panoplie d'alpiniste des années trente. Il avait tout : la grosse chemise écossaise, le pull-over à torons, les knickerbockers fermés sous le genou par des lacets, les chaussettes en jacquard et des chaussures Super Guide en cuir parfaitement graissées. On l'aurait posé au beau milieu du Musée alpin de Chamonix, tout le monde l'aurait pris pour un mannequin représentant « Armand Charlet après la première traversée des Aiguilles du Diable ». Avec nos vestes en Gore-Tex et nos fourrures polaires, nous nous sentions assez banalement modernes. Il répondit à nos regards de curiosité par un coup d'œil de mépris. C'est du moins ce que nous crûmes, avant de nous rendre compte qu'il était simplement en colère.

Tout semblait l'insupporter : il mangeait avec rage et coupait son pain comme on étrangle un animal sans défense. Il renvoya sa viande qu'il jugeait mal cuite, en faisant au serveur des gestes menaçants. Nous l'entendions grommeler et il tripotait nerveusement le trousseau de clefs qui pendait à son cou, attaché à une cordelette de montagne.

Son agitation créait dans la salle vide une atmosphère pesante. La patronne et le serveur se tenaient prudemment derrière le bar, tels des toreros réfugiés à l'abri d'une palissade. Nous n'osions pas parler, d'autant qu'il écoutait nos propos. Ses ruminations avaient d'ailleurs l'air de se faire en français. Nous comprîmes que la patronne, nous ayant reconnus comme des compatriotes, nous avait sans doute placés près de lui pour le calmer. Après deux verres de vin d'Asti, nous nous détendîmes et plus rien ne nous empêcha de revenir sur la course de la journée, la descente difficile, l'orage qui, finalement, ne s'était pas montré, etc. Nous avions oublié notre voisin quand il se pencha vers nous.

— Vous êtes français, à ce que j'entends ?

Sa mauvaise humeur donnait à la question un caractère brutal et presque insultant.

— Oui, et alors ?

Mon camarade, à ma grande surprise, car il était plutôt pacifique, avait répondu à l'homme sur le même ton. Son expression ne laissait aucun doute sur l'envie qu'il avait de lui mettre sa main dans la figure. C'était la bonne méthode, et l'individu poursuivit plus aimablement.

— Je vous ai entendus parler du Sass Pordoï, alors, voilà, j'aimerais savoir si la voie Micheluzzi est praticable en ce moment.

Le Sass Pordoï est une montagne assez facile d'accès. De nombreuses voies d'escalade ont été tracées dans ses faces. La Micheluzzi est une ascension classique, un peu démodée. Elle comporte une de ces longues traversées exposées que les anciens affectionnaient mais que l'escalade moderne préfère éviter. La voie que nous avions gravie n'en était pas très éloignée.

— Elle est en excellente condition, répondis-je, comme tout le massif en ce moment.

L'homme hocha la tête. Il avait toujours l'air de mauvaise humeur. Mais, puisque sa colère n'était pas dirigée contre nous, je me risquai à l'interroger à mon tour.

— Vous êtes ici depuis longtemps ?

Il me regarda avec méfiance. Je ne mesurais pas l'imprudence de ma question. J'avais touché en lui le point le plus sensible.

— Je rentre demain, avoua-t-il avec une grimace de douleur.

— Quel dommage, commenta mon camarade. Vous êtes en fin de séjour…

— Si l'on veut, ricana l'homme, nous sommes arrivés avant-hier.

Ce sujet semblait réveiller son malaise et je jugeai prudent d'en changer.

— Vous avez déjà fait la Micheluzzi ? demandai-je.

— Oui, cher monsieur. Je l'ai gravie en 1959. Vous n'étiez pas né, probablement. À l'époque, c'était une course considérée comme difficile.

— Elle l'est toujours.

— Merci, vous êtes indulgent.

Le sourire qui se forma sur ses lèvres minces était, pour la première fois, naturel et presque apaisé.

— J'étais en parfaite condition physique, à ce moment-là. Les dirigeants de la Fédération de Haute Montagne fondaient de grands espoirs sur moi, je le dis sans forfanterie. On avait cité mon nom pour une expédition nationale en Himalaya. Enfin, n'en parlons plus…

Il étranglait entre ses doigts une des petites salières en forme de troll qui étaient disposées sur les tables.

— Il y a trente-deux ans que je ne grimpe plus.

— Un accident ?

— Si l'on veut, ricana-t-il. Mais très courant, alors. On appelle ça le mariage.

Nous étions trop occupés à engloutir nos côte-lettes pour répondre. De toute façon, nous n'au-rions pas su quoi lui dire. Mais l'homme était lancé. Il n'avait pas besoin de nous pour conti-nuer.

— Ma femme était étudiante en archéologie. Elle ne pratiquait pas la montagne, mais ne demandait qu'à apprendre, etc. Je l'ai crue. Nous avons fait des randonnées, quelques petites courses. J'ai eu la faiblesse de penser un moment qu'elle pourrait aimer l'alpinisme…

Il haussa les épaules. Un croûton, entre ses doigts, fit un bruit de fémur rompu.

— Dès qu'est né notre fils, elle a saisi ce prétexte pour tout arrêter. Avec les suivants, cela ne pouvait pas s'améliorer.

— Combien avez-vous eu d'enfants ?

— Trois, deux garçons et une fille. Ils sont

plus âgés que vous, je parie. Ma fille est la dernière, elle a vingt-six ans.

La bouche pleine, le verre en main, j'acquiesçai silencieusement : j'avais vingt-cinq ans et mon camarade deux ans de moins.

— Au début, j'ai cru que nous pourrions partager les vacances, en avoir un peu pour tous les goûts : quinze jours à la mer et quinze à la montagne, par exemple. Mais les deux fois où nous sommes allés dans les Alpes, je n'ai pas pu m'éloigner des poussettes. D'ailleurs, pour faire quoi ? Et avec qui ? Finalement, j'ai mieux aimé passer toutes les vacances sur une chaise longue à la mer. Au moins, je n'avais pas sous le nez des sommets qui me narguaient. J'ai poursuivi ma carrière dans l'administration. Bon père, bon mari, bien noté de mes supérieurs, jusqu'à la retraite, l'année dernière. Un bilan largement positif, avec une seule ligne à la colonne débit : pendant trente-deux ans, je n'ai pas remis les pieds à la montagne.

Je comprenais mieux l'authenticité de sa tenue. Les chaussettes, les knickerbockers, tout était démodé parce que tout était d'époque. On voyait que la ceinture du pantalon était un peu juste et il n'avait pas pu fermer le dernier bouton.

— Mais cette année, s'écria-t-il avec un air de

triomphe mauvais, c'était enfin l'heure du grand retour !

Il leva son verre et le but d'un trait. Il voulut le remplir à nouveau mais son pichet était vide et le nôtre aussi. Il appela le garçon.

— Apportez-nous une bonne bouteille. Tiens, par exemple, du bardolino. Vous aimez le bardolino ? Ils aiment. Bon, une bouteille et trois verres, que nous fêtions mon grand retour à la montagne.

Malgré la gaieté du ton, ces paroles résonnaient de façon sinistre et nous craignions ce qui allait suivre.

— Je m'appelle Roger Sand, reprit-il. Retenez bien ce nom : c'est celui d'un homme qui a attendu trente-deux ans pour revenir à la montagne et qui n'y retournera jamais plus.

J'échangeai un regard inquiet avec mon ami : ça partait mal.

— Cette année — enfin — toutes les conditions étaient réunies. Notre fils cadet s'est marié l'an dernier avec une fille que je n'apprécie pas beaucoup. Mais elle est très sportive et l'idée d'aller dans les Dolomites l'enchantait. Avant qu'ils ne fassent des enfants, il fallait en profiter. Comme ce fils est son préféré, ma femme a accepté, bien sûr avec des airs de sacrifice, de se joindre à nous. Ma fille, que j'avais gagnée à ma cause depuis longtemps et qui avait même fait un stage d'initiation à l'escalade dans les Calanques, nous a suivis. Ce n'est pas la plus douée, pourtant, et elle est asthmatique. Seul mon fils aîné, qui a des ennuis dans son travail, est resté à Nantes où nous habitons.

Le garçon arriva avec le bardolino. Une serviette au creux du bras, il fit goûter avec appréhension ce client imprévisible. Il accueillit son approbation par un large sourire de soulagement.

— Buvons à notre expédition, dit notre généreux voisin.

Nous trinquâmes, trop heureux de faire diversion, en commentant la qualité du vin. Mais il revint à son histoire.

— Donc, nous voilà partis, ma femme, ma fille, son frère et ma belle-fille, tous placés sous la rassurante autorité d'un guide.

Il leva son verre.

— Moi-même !

Deux nouveaux clients entrèrent et s'installèrent à bonne distance de notre groupe.

— Je leur ai acheté un équipement complet, exactement comme le mien. Je n'ai aucune confiance dans le matériel en plastique qu'on fabrique aujourd'hui. Quant aux vêtements actuels, excusez-moi si je vous choque, mais je les trouve de mauvais goût. Pour moi, la sécurité et la qualité, c'est la tradition.

Je les imaginais, tous les cinq, avec leurs chaussures en cuir rigide et leurs piolets en bois, ils devaient avoir un certain succès auprès des touristes japonais. Je n'osai pas demander où l'on vendait encore ce genre de matériel.

— J'avais des souvenirs assez précis du massif. Je savais que la première course que l'on fait faire aux débutants est la montée au refuge Del Pietro. Vous connaissez naturellement le refuge Del Pietro ?

Nous secouâmes l'un et l'autre la tête.

— C'est étonnant, vraiment, dit-il, avec un ricanement réprobateur.

Je commençais à trouver ce type franchement inquiétant. Mais il était trop tard. Nous aurions dû nous enfuir avant.

— Un *vrai* refuge, voilà ce qu'est le Del Pietro. Pas un de ces hôtels d'altitude où on arrive en voiture pour se gaver de lasagnes. La montagne, ce n'est pas du tourisme, bon sang ! Je l'ai dit et répété à ma petite troupe. Un refuge digne de ce nom, ça se mérite. Il faut des heures d'effort pour y arriver. Mais après, quel plaisir, n'est-ce pas ?

Il remplit nos verres et but le sien nerveusement. Je me demandai s'il n'était pas déjà ivre. En tout cas, il reprit plus fort :

— Départ à cinq heures du matin ! Lever à quatre. Ils râlaient, bien sûr. Mais je leur ai répété : « À la montagne, on se lève tôt. » Je ne leur ai peut-être pas dit assez gentiment mais pour mener une troupe, il faut qu'elle obéisse. Vous êtes d'accord avec moi ?

Nous opinâmes, bien que ces conceptions nous parussent étranges, à nous qui ne faisions jamais rien que par plaisir et à notre rythme.

— Les sacs étaient faits de la veille. Seize kilos pour les hommes, quatorze pour les femmes, contrôlés au dynamomètre.

Je ne pus me retenir de siffler.

— Vous étiez équipés pour l'Everest ou quoi ?

— Nous allions au Del Pietro, mais ensuite, nous devions faire un circuit de trois jours par les cols. Je ne voulais pas qu'ils souffrent du froid, de la pluie, ni prendre des risques avec leur sécurité. Alors, j'ai veillé à ce que nous ayons bien tout : imperméable, doudoune, crampons…

— Crampons ! Mais il n'y a pas de glace, par ici.

Les Dolomites sont des montagnes basses qui offrent en été un paysage verdoyant de pâturages, de forêts et de rochers nus.

— On ne sait jamais. Il peut neiger d'un seul coup.

Il avait dit ça méchamment, je baissai le nez.

— En plus, chacun portait cinq litres d'eau, dans des gourdes en peau.

Je n'osais plus rien dire, mais tout de même :
cinq !

— Au début, reprit Sand, ils ont avancé à peu
près convenablement. Nous avons commencé à
la frontale, puis le jour s'est levé. Le paysage
était splendide. Je leur donnais des explications
sur tout : les fleurs, les sommets, les animaux. Je
voulais qu'ils partagent mon bonheur d'être là,
enfin. Malheureusement, vers dix heures, ma
belle-fille a cassé l'ambiance, en me demandant
si je pouvais me taire un peu, pour profiter du
silence. J'ai encaissé sans faire de commentaire.

Intérieurement, je comprenais sa belle-fille
mais je me gardai bien de le lui dire.

— À midi, arrêt déjeuner. Il faisait très chaud
et, comme nous étions déjà assez haut, il n'y
avait plus d'arbres pour se mettre à l'ombre. Ce
n'était tout de même pas ma faute. Menu :
sardines à l'huile et gras double. Évidemment,
ça n'a pas eu l'heur de plaire à ces dames. J'ai
insisté pour qu'elles mangent quand même.
L'effort consomme beaucoup d'énergie et il faut
absorber des aliments hautement caloriques,
c'est bien connu. J'étais aux petits soins pour
eux : j'ouvrais les boîtes avec mon couteau suisse,
je distribuais les serviettes et puis, surtout, j'es-
sayais de les faire un peu rire avec de bonnes
histoires.

Il l'avouait de mauvaise grâce mais, tout de

même, on sentait que l'atmosphère s'alourdissait. Aussi, nous n'avons pas été surpris d'entendre la suite.

— Tout d'un coup, ma fille s'est levée et elle s'est précipitée derrière un rocher pour vomir. Sa belle-sœur a pris sa défense et a dit qu'il fallait rentrer. Heureusement, ma fille a protesté que non, tout allait bien, elle voulait continuer. Je savais qu'elle le disait pour moi et j'étais touché. Finalement, j'ai pris son sac en plus du mien et nous sommes repartis.

Il faisait nuit noire. Je voyais mon copain bâiller et je sentais, moi aussi, la fatigue des derniers jours remonter d'un coup. Mais notre interlocuteur n'avait pas plus pitié de nous que de sa famille et il continua son récit.

— Tant que nous sommes restés sur le sentier, tout allait bien. Ma femme se plaignait de ses jambes mais il y a des années que ça dure et je l'ai écoutée patiemment, comme d'habitude. Au bout d'un moment, hélas, la trace est devenue moins nette et il a fallu remonter un couloir d'éboulis assez raide. Je leur ai fait sortir les piolets et je les ai encordés.

— Encordés ! Dans des éboulis ?

— Et pourquoi pas ? C'est la technique classique et elle a fait ses preuves. D'ailleurs, il n'y aurait pas eu de problème si ma fille, en plein milieu de la pente, n'avait pas fait une crise d'asthme. J'ai sorti un pulvérisateur de Ventoline de mon sac. Après en avoir inhalé trois bouffées, elle allait mieux. Ce n'était pas une grosse crise. Ça n'aurait pas eu de conséquences si mon fils ne s'en était pas mêlé. Il a prétendu prendre le parti de sa sœur et de sa femme et a déclaré lui aussi qu'il fallait rebrousser chemin.

— C'était peut-être raisonnable, en effet.

— Certainement pas. Je savais pourquoi il disait cela. Il avait des ampoules aux pieds et avait refusé que je lui mette de l'Elastoplast comme aux autres. De toute façon, il était trop tard : nous étions plus près du refuge que du départ. Il aurait été trop pénible de revenir. Je lui ai dit que tout le monde se soignerait à l'arrivée et que nous n'avions pas d'autre solution que de continuer. À ce moment-là, sa femme m'a sauté à la gorge. Savez-vous ce qu'elle m'a sorti ?

Le bardolino commençait à me faire mal à la tête et j'évitai de la secouer.

— Non, murmurai-je, sans trop bouger.

— Elle s'est tournée vers son mari et elle a minaudé : « Comment, chéri, tu ne comprends pas ? Nous ne pouvons pas rentrer *parce que nous ne savons pas où nous sommes.* » Jusqu'alors je m'étais contenu mais là, j'ai piqué une colère terrible. J'ai sorti la carte, une carte d'état-major de 1951, c'est une référence tout de même ! Je leur ai prouvé par a + b que nous étions sur le bon chemin et qu'il restait tout au plus une demi-heure de marche, si nous ne ralentissions pas trop l'allure. Sur ce, je me suis remis en route en tirant la corde et ils ont bien été obligés de sortir de ce ridicule couloir d'éboulis.

Je ne sais pas pourquoi mais, à cet instant, une idée me traversa l'esprit.

— Au fait, demandai-je, votre femme, vos enfants… où sont-ils tous, en ce moment ? Ils ne dînent pas avec vous ?

— Non, ils sont à l'hôtel. Ils dorment. Enfin, j'espère…

— Comment êtes-vous rentrés ?

— Vous êtes trop pressé. Laissez-moi finir.

Ma tentative pour écourter son récit ayant échoué, nous étions contraints d'attendre la suite. Après le couloir d'éboulis, toujours en plein soleil, ils avaient atteint une longue vallée avec un torrent. Mme Sand marchait devant en titubant et elle était tombée trois fois. Elle boitait et ses genoux étaient en sang. Derrière, le fils n'était pas en meilleur état et c'est sa femme qui le soutenait. La pauvre asthmatique à bout de forces fermait le cortège, talonnée par son père qui braillait des chansons de marche.

— Il me semble qu'avec un groupe dans cet état, j'aurais appelé les secours, dit pensivement mon camarade que le vin rendait téméraire.

— Ne discutons pas, c'est inutile ! Vous avez

vos conceptions, j'ai les miennes. Nous n'en
changerons pas. De toute manière, ce qui est fait
est fait.

— Donc, vous avez continué ? dis-je sur un
ton accommodant, en faisant signe à mon ami
de ne pas le contredire.

— Ça n'a pas été tout seul, croyez-moi. Il y en
avait toujours un qui s'arrêtait et c'était chaque
fois plus difficile de les remettre en mouvement.
Finalement, je leur ai fait le coup de la cascade.
C'était à peu près ma dernière carte.

— Le coup de la cascade ?

— Ne me dites pas que vous ne connaissez
pas ! Quand vous traînez des gens au bout du
rouleau, des enfants en particulier, vous n'avez
jamais pris un ton enjoué pour crier : « Oh, chic !
Ça me revient maintenant : nous allons arriver
près d'une cascade. On va pouvoir se baigner
dans de l'eau bien fraîche » ? Je suis déjà parvenu
à tenir une bonne heure avec des descriptions
d'eau claire. Si les gens ont très chaud, ça
marche.

— Il y avait vraiment une cascade ?

— Bien sûr que non. Je jouais gros.

— Donc, avec votre cascade, vous les avez fait
avancer pendant la dernière demi-heure ?

— Ce n'était pas une demi-heure qu'il nous
fallait encore pour atteindre le refuge Del Pietro.
La vérité, c'est qu'il était cncore à deux heures.

— Deux heures !

Avec son suspens, il nous avait transformés en supporteurs. Nous étions sur le bord du sentier à encourager en pensée ces gens que nous n'avions jamais vus.

— Ils y sont arrivés ?

Mais notre homme suivait son idée. Le résultat, désormais, comptait moins pour lui que la manière dont il l'avait obtenu. Il se repassait le film dans sa tête et vivait douloureusement chaque station de ce chemin de croix.

— La cascade, dit-il en secouant pensivement la tête, ç'a été une erreur. Ma belle-fille a sauté sur l'occasion, vous pensez ! Elle s'est plantée en travers du chemin et elle a fait un large mouvement pour désigner l'horizon, du côté vers lequel nous montions. La pente était régulière. Il n'y avait pas la moindre barre rocheuse, le moindre repli de terrain. Rien ne pouvait dissimuler une cascade. Malgré la chaleur et la soif, ils n'étaient pas devenus aveugles. À partir du moment où elle fit la remarque, il devint clair pour tout le monde que je les prenais pour des imbéciles. Elle a sorti son portable et a dit, en me lançant un regard de défi : « Maintenant, ça suffit ! J'appelle les secours. »

— Et ils ont envoyé un hélicoptère, conclut mon ami, un peu déçu, comme moi, mais tout de même soulagé que l'histoire finisse.

— Non. Le portable n'avait pas de réseau.

Nous avons poussé un « Oh ! » si fort que les autres clients se sont arrêtés de manger. Il se versa un verre et le but d'un trait. Il avait besoin de se donner du courage. Nous avons attendu qu'il reprenne, sans le brusquer.

— Tout le monde s'est assis par terre. Mon fils avait ôté ses chaussures et il regardait les ampoules qui saignaient à ses deux talons. Des ampoules de la taille d'une balle de ping-pong. Ma femme se passait du Mercurochrome sur les genoux. Ma fille biberonnait des broncho-dilatateurs. Et, pendant ce temps-là, ma belle-fille tripotait son téléphone pour essayer de lui faire capter quelque chose.

— Et vous ?

— Moi ? Ça va vous paraître idiot mais je regardais le paysage. Les sommets gris, au loin, avec des formes en dentelle, les alpages, si verts, luisants comme une fourrure précieuse, et le ciel, le ciel qui n'est plus le même quand on monte pour le regarder. Je me disais que je ne m'étais pas trompé. Malgré toutes ces années d'absence, mon amour pour ces lieux était intact. J'avais eu raison de ne jamais les oublier, de ne pas les renier…

— Mais vous n'avez pas pu rester comme ça indéfiniment. Il fallait bien décider quelque chose.

— Oui. Ils ont tenu un genre de conseil de famille. On aurait plutôt dit un conseil de guerre. Et c'était moi l'accusé. Ils m'ont demandé de m'asseoir et de répondre par oui ou par non. Est-ce que nous étions proches du refuge ? Oui. Est-ce que j'en étais bien sûr ? Oui. Est-ce que nous avions pu nous tromper de chemin ? Non. Est-ce qu'il y avait de quoi se soigner au refuge ? Oui. Et même de quoi manger, dormir, téléphoner. S'il le fallait, une fois là-bas, nous pourrions appeler l'hélicoptère pour redescendre... Ils échangeaient des regards entre eux. Puis il y eut un long silence. Enfin, ma femme dit : « Nous te faisons confiance, Roger. Tu es un bon montagnard. Nous allons continuer. »

La voix de Sand chevrota en disant cela. On sentait que ç'avait été pour lui un moment de grande émotion. Il signait une véritable paix, après une interminable guerre sur ce front.

— Alors, nous sommes repartis. Plus personne n'osa rien dire. Chacun supportait ses souffrances en silence. Je vous avoue que je les admirais. Et que j'étais heureux... Enfin, nous sommes parvenus au pied du dernier petit ressaut. Le refuge est situé derrière. Malgré le temps qui avait passé, près de trente-cinq ans, je me souvenais distinctement de cette arrivée. J'avais fait cette course deux fois dans ma jeunesse et, à chaque fois, cet ultime rognon rocheux m'avait frappé par sa beauté et aussi parce qu'il annonçait, caché derrière lui, le refuge Del Pietro.

Au moment où il prononçait ce nom avec emphase, sa lèvre inférieure se mit à trembler et il fut secoué d'un sanglot.

— Nous y étions presque. Ils l'avaient fait ! J'étais fier d'eux. Les souffrances seraient vite oubliées. L'essentiel était qu'ils m'avaient accordé leur confiance et que je m'en étais montré digne. Tout serait de nouveau possible.

À ces mots, un spasme contracta tout son visage, son corps fut secoué par un hoquet pathétique et des larmes perlèrent au bord de ses paupières. Il saisit sa serviette et s'en couvrit la face. Puis il se leva d'un bond et disparut vers les toilettes. Nous étions tellement gênés que nous avions envie de nous éclipser sans attendre son retour. Mais l'addition tardait et nous étions toujours là quand il revint, le visage lavé, les cheveux remis en ordre.

— Excusez-moi, dit-il avec une voix redevenue calme, je vous ai ennuyés avec mon histoire. Il faut que j'aille rejoindre ma famille. Enfin, ce qu'il en reste.

Ses yeux clignèrent de nouveau mais il se contint. Il nous semblait curieusement que l'histoire n'était pas tout à fait complète et qu'il nous manquait un dernier détail pour comprendre.

— Comment cela s'est-il passé au refuge ? Ils ont été soignés ? Vous avez pu vous restaurer… ?

Sand baissa les yeux. Puis il s'essuya nerveusement la bouche et jeta sa serviette sur la table.

— Sachez-le, cracha-t-il, au cas où il vous prendrait l'idée d'y emmener quelqu'un…

Et avant de disparaître, il ajouta :

— Le refuge Del Pietro est fermé depuis dix-huit ans. Il n'en reste que des ruines.

Nuit de garde

— C'est pour un mort, chuchote la voix dans le vestibule.

— Eh bien ! glisse-le sous la porte.

Quelle heure peut-il être ? Une lueur bleutée passe sous les rideaux déchirés : le réverbère qui fait face à ma chambre s'obstine à l'éclairer. En tout cas, l'aube n'est pas encore là. Les draps autour de moi sont moites. Les draps… Un mot bien solennel pour désigner les simples alèses de l'Assistance publique, cuites et recuites dans des buanderies infernales. Elles servent selon les jours à garnir le lit des malades ou à couvrir les tables de nos salles de garde. Leur blancheur fait encore mieux ressortir les traces de sang et de vin qui, pour avoir résisté aux détergents, sont appelées par les infirmières des taches propres.

— Je te le passe, dit la voix.

Et en effet, dans l'interstice qui sépare la porte du plancher, je vois glisser deux feuilles chiffon-

nées. Pieds nus, enroulé dans une couverture
rêche, je vais jusqu'à la porte, je me baisse et
ramasse les documents.

— Sais-tu s'il est bien mort, au moins ? dis-je
en bâillant.

Ma main, en même temps, palpe la blouse jetée sur un fauteuil et cherche un stylo dans la
poche.

— Plutôt trois fois qu'une, ricane Justin, le
garçon de salle, de l'autre côté de la porte.

Mais je sais bien, moi, qu'il fait le signe de
croix en silence. Les Antillais n'aiment guère
plaisanter à propos de la mort. Ils craignent un
mauvais sort. Et Justin a de bonnes raisons
d'avoir peur. Après tout, en acceptant de me laisser signer ces papiers sans que je me déplace, il
prend un risque et partage ma faute. De part et
d'autre de la porte, ce petit secret nous lie.

Les feuilles sont maintenant étalées sur la table et je les ai lissées pour les défroisser. Leur
surface est légèrement glacée. La pointe bille
dérape tandis que je commence à remplir les
cases fatidiques du « billet de salle ». Les malades
qui entrent à l'hôpital sont pourvus de ce passeport qui les dispose à tous les voyages, y compris
le dernier, et consacre leur abandon des frivoli-
tés de ce monde : une case recueille le compte
de leurs effets personnels et des quelques va-
leurs (argent, montre, bijoux) dont ils se sont

dépouillés. Reste un nom, parfois une profession, et surtout un parcours de service en service qui les amène tantôt vers la lumière et la guérison, tantôt, comme disaient les Anciens, vers le funeste port.

« Ce jeudi 3 novembre, trace ma main, à… »

— Quelle heure était-il exactement quand il est mort ?

Justin bredouille de l'autre côté de la porte :

— Tu sais ce que c'est, dit-il, gêné, on s'en est rendu compte au changement d'équipe.

L'état civil du patient indique « né en 1898 ». Je comprends : un grand vieillard qui ne devait guère bouger et ne manifestait sa vie que par des gémissements au moment des soins. Il n'est pas rare dans ces cas-là qu'on découvre la mort tardivement, quand une nouvelle équipe arrive et fait sa tournée.

Rien que de normal, en somme, sinon que je n'ai encore jamais pratiqué ce genre de signature à distance. La règle déontologique (et la loi) m'impose de ne prescrire aucun acte, de ne rien attester, et surtout pas le décès, sans avoir eu un contact direct avec le patient, sans m'être rendu auprès de lui, ni l'avoir examiné. Mais je sais que beaucoup de mes collègues (sinon tous) font le contraire de temps en temps, quand il est tard…

La fatigue des gardes est une extrême violence

imposée à l'esprit et au corps. Quand on s'est relevé huit fois, comme moi cette nuit-là, pour aller au chevet d'une crise d'asthme, de deux chutes, d'une embolie pulmonaire et de plusieurs accès d'angoisse, on est saisi d'une véritable ivresse. On se sent misérable, sale, faible. De ces pauvretés d'âme et de corps naît l'impression d'une inutilité qui rend vaine toute action, toute intervention, tout avis. C'est le moment où guette l'infâme « À quoi bon ? » qui a tué tant de gens de par le monde. C'est l'heure du plus grand danger, celui où la vigilance se relâche, où l'on peut commettre des erreurs fatales. Heureusement, on apprend vite à se défier de ces tentations. À l'acmé de la fatigue, une ultime prudence vous rend encore conscient de ce danger et, devant un malade, l'esprit, malgré tout, reste en alerte. Devant un malade peut-être ; mais devant un mort ?

« Le 3 novembre, à minuit quinze… »

J'ai finalement choisi cette heure comme vraisemblable. Pourtant, le reste de la formule ne vient pas… Au moment d'écrire les mots définitifs, ceux qui donneront à cet homme sa fin comme sa mère, un soir de printemps — le 24 avril 1898 —, lui a donné la vie, une force me manque, un ultime degré de cynisme ou d'épuisement — les deux en vérité.

— Attends-moi une minute, crié-je à Justin. J'arrive.

— D'accord, dit le garçon un peu surpris. Mais fais vite.

Je le vois battant la semelle dans le vestibule glacé (la porte de la cage d'escalier a été défoncée un soir de tonus et elle bat à tous les vents). De la buée doit sortir de sa bouche. Il a sommeil, lui aussi, et froid. Mais au moins n'a-t-il pas l'obligation, à cette heure improbable, de prendre de lourdes décisions. Je l'imagine heureux.

J'enfile, tout ensommeillé, mes habits de ville qui sont à l'hôpital comme des sous-vêtements : ils tiennent chaud mais on ne les voit pas. La vraie vêture est la blouse. La lingère vous en remet une chaque semaine. Elle choisit la taille en gloussant : « Vous avez les épaules bien larges, mon petit ! » L'interne, en ce temps-là, avait droit à un tablier ; j'ai toujours refusé d'en porter un, quoiqu'il soit commode et même élégant, paraît-il, de fourrer les mains dans la grande poche cousue devant. J'ai toujours jugé que, sans les mains, on avait l'air d'un charcutier et, avec les mains, d'un kangourou.

Le vrai luxe, c'est la capote. Les externes n'y ont pas droit : c'est l'internat seul qui permet d'en disposer. Ainsi devient-elle le signe de l'entrée dans le saint des saints hospitalier. C'est un épais manteau de feutre bleu marine qui descend parfois jusqu'aux chevilles. Le col est rond. Je le remonte en cette nuit d'hiver et les deux fentes, sur les côtés de la taille, me permettent de tenir les mains dans les poches de la blouse.

Je cours maintenant au côté de Justin. La pluie froide s'est arrêtée mais les gouttières ruissellent. Nous sautons les flaques.

Arrivés au pied du bâtiment où m'attend l'agonisant (ou le trépassé, ce sera à moi d'en décider), nous trouvons les portes fermées. Les croisées, aux étages, sont obscures. Il nous faut faire le tour, ébranler des portes dérobées qui sont aussi fermées à clef. Justin s'énerve. Il braille. Au bout d'un long moment, une fenêtre s'ouvre au troisième et une aide-soignante descend nous ouvrir. C'est une Guadeloupéenne à la peau très claire. Elle ne cesse pas de sourire même pendant que Justin la houspille en créole. Elle en a entendu d'autres et d'ailleurs reprend tout de suite le dessus en nous obligeant à « ne pas marcher dans le mouillé ». De sa main gantée de caoutchouc rose, elle nous indique le bout de couloir qu'elle vient de passer à la serpillière et dont le carrelage brille pour quelques instants. L'hôpital est un cœur qui ne s'arrête jamais : il fait encore nuit qu'on le toilette pour la journée suivante. Les patients attendront l'aube pour être lavés ; en ce moment, c'est le tour des corridors. Justin et moi nous contorsionnons pour traverser la zone inondée. Nous n'en laissons pas moins de grosses traces. Tant pis : l'essentiel est d'avoir montré quels égards nous avons pour le travail des autres. La femme sourit avec attendrissement.

Nous attaquons l'escalier dans ce qui semble une immense cathédrale obscure, vaguement éclairée par la lueur égarée des réverbères extérieurs. Au troisième, des murmures et quelques rayons de torches nous indiquent le chemin. J'ai peine à le raconter aujourd'hui tant ce souvenir me rejette à l'évidence parmi les dinosaures. Pourtant, la vérité est qu'à cette époque (je m'obstine à ne pas la juger si lointaine...) les hôpitaux de Paris étaient encore assez largement pourvus de salles communes. Vingt lits de fer étaient disposés le long des murs, séparés par l'étroit espace d'une table de nuit. Si des radiateurs chauffaient et même surchauffaient l'air sec, c'était en remplacement de l'antique poêle à bois dont on pouvait imaginer la silhouette noire au centre de la salle.

L'agonie des uns, dans ces lieux communautaires, ne doit pas interrompre le repos des autres. C'est donc sans allumer les lumières que s'effectuent le ballet des soins et les rituels de la mort.

L'infirmière qui nous accueille est une jolie

fille qui tient une lampe de poche. Elle fait bouger le faisceau dans tous les sens et, de temps en temps, des rayons s'égarent jusqu'à son visage. Elle a les traits tirés de ceux qui ont perdu le refuge de la nuit, sans trouver le vrai repos dans leurs journées.

— Ah, dit-elle, vous êtes venu.

Il n'y a ni émotion ni jugement dans ces mots. J'ai seulement l'impression qu'elle me classe dans une invisible catégorie et je me sens rougir.

Elle nous conduit au pied du lit.

Comme toujours, le champ clos où tourne la mort est circonscrit par des barrières : des paravents de toile, dont c'est le seul usage, ont été disposés autour du lit. Officiellement, ils servent à épargner aux autres malades la vue d'une agonie. Mais je me suis souvent demandé s'ils n'étaient pas plutôt destinés à faire connaître au patient le sort qui l'attend. Quiconque se trouve tout à coup entouré de ces crêpes blancs mal tendus sur des montants d'acier sent qu'il a déjà quitté le séjour des mortels, et qu'une puissance formidable va venir sous peu le quérir dans ces limbes.

Une autre femme en blanc s'extrait de la lice au moment où j'arrive. Elle brandit aussi une torche mais, à son côté, un gros trousseau de clefs indique qu'elle est la reine de cette ruche. Les internes tremblent devant ces surveillantes chenues : elles en savent plus long que nous, et leur silence, tandis que l'on examine les malades, évoque le jugement des plus impitoyables jurys, surtout si un discret sourire se forme en même temps sur leurs lèvres.

Pour le moment, rien de tel : cette surveillante-là parle et, pour marquer son autorité, le fait à voix presque haute.

— Va chercher le dossier, commande-t-elle à la jeune infirmière.

La fille revient avec une épaisse enveloppe bourrée de clichés radiographiques, de feuillets volants, de résultats d'analyse. Je cherche l'observation médicale.

— Il est ici depuis douze ans, dit la surveillante.

Douze ans ! J'ai dû, malgré moi, paraître étonné car elle reprend :

— C'est une salle de longs séjours, ici.

Je lève un instant le nez : on voit les poutres au plafond. C'est un de ces greniers où s'entassent des malades incurables. J'en ai entendu parler mais je ne les ai jamais visités. Au fond, rien ne distingue cette salle d'une autre si ce n'est peut-être l'extrême proximité des lits et cette chose invisible : le temps, le temps passé dans ces murs. Comme toutes les salles communes, c'est un lieu de gémissements et d'odeurs, où la promiscuité noue des liens passionnés d'amitié ou, plus souvent, de haine atroce. L'autre y est source tantôt de réconfort, tantôt de contagion. Le voisin est sourire et conversation mais aussi crachat et urine. Douze ans de ce bagne laissent-ils quoi que ce soit de vivant dans un être ? Je laisse courir mon regard sur les rangées de lits et j'ai la sensation, soudain, que dans cette salle tout est particulier. On ne sent pas ces ordinaires curiosités qui font guetter par les autres patients les râles de l'agonie. L'arrivée d'un médecin n'éveille aucun intérêt. Les bruits que l'on entend sont ceux de l'inconscience, de l'abrutissement chimique. Il n'y a ici que des comas, d'incurables douleurs, des morts, mais qui vivent.

Je reviens au patient en découvrant, dans le fatras du dossier, l'observation médicale. Grave accident vasculaire cérébral, vie végétative ou presque, mutité complète. Aucun des cliniciens n'a pu évaluer précisément le degré de conscience que la maladie lui a laissé.

La dernière mention manuscrite, à l'occasion d'une surinfection, date de plus de cinq ans.

— Vous voulez le voir ? demande la surveillante.

Je refuse de déceler de l'ironie dans ces mots et je m'approche des paravents. À l'évidence, tout est prêt pour la suite. Le ballet des haricots et des seringues a déjà laissé la place à celui des seaux et des brosses ; aux soins d'un corps, on se dispose à faire succéder la toilette d'un cadavre. Mais nul n'y a encore touché. Cinq personnes m'entourent, sans compter les malades dans l'ombre, et toutes ont les yeux fixés sur moi. On écarte les paravents, le patient est recouvert d'un drap, tête comprise. Je m'avance. Jamais je n'ai senti à ce point le poids de cette muette liturgie. Ce soir tout s'éclaire : je suis celui qui donne la mort.

D'un coup sec, pour ne pas montrer que je tremble, j'ôte le drap. Le corps apparaît dans sa souffrance éteinte. Maigre, cireux, le visage tordu, l'homme est de ceux dont on dit quand la mort les prend : « Il est délivré. »

Qu'il ait trépassé ne fait aucun doute pour personne. La surveillante a vu s'éteindre bien des malades, la jeune infirmière aussi. L'aide-soignante a lavé plus de corps qu'il ne dort de patients dans tout cet hôpital et Justin, qui les a portés sur des brancards, sait ce qu'ils pèsent. Moi, qui n'ai que vingt-quatre ans et trois mois d'internat, j'ignore à peu près tout de ce qu'est la mort humaine. Un instant, me prend l'envie de dire : « Pourquoi m'avez-vous dérangé ? Vous savez mieux que moi qu'il est mort. »

Le silence me fait ravaler mes paroles. Il n'est pas question de reculer. On m'attend. Ce n'est ni un piège ni une vengeance : on m'a requis pour une obligation à laquelle je ne saurais me soustraire.

La mort, en France, n'a pas une claire définition. La loi impose des gestes pour l'authentifier : l'artériotomie longitudinale est le plus certain. Cela consiste à trancher une artère du poignet dans le sens de la longueur et à constater l'absence de saignement pulsatile. Inutile de dire que cette méthode n'est jamais pratiquée. Tout repose donc sur la parole du médecin. C'est à lui seul qu'on reconnaît la puissance de certifier la mort. Un scrupule de la même sorte empêche les catholiques de célébrer tout seuls leur messe : il faut un prêtre pour l'eucharistie.

Ainsi, moi, blanc-bec, boutonneux, sans expérience de grand-chose, je suis, devant tous ces gens aguerris, oint d'un invisible chrême qui rend mon geste attendu et même indispensable : je suis celui qui peut faire de cet homme un vrai mort, pour l'éternité. « Moi, Louis, roi de France, décide… », ainsi parlaient à leurs sujets, dont ils gouvernaient la vie, les souverains. Ce soir, la loi me fait souverain en ce lieu misérable, pour le service d'un pauvre à seule fin de lui donner une mort.

La médecine de France est une société de castes. Ses brahmanes, depuis Napoléon, sont ces internes des hôpitaux, choisis pour leur mérite — quoique la naissance y ait encore une part, sinon lors du concours anonyme, du moins pour la suite de la carrière. L'internat est une dignité que l'on revêt pour la vie, qui ouvre les plus hautes charges médicales, qui protège, récompense et exige. Elle exige en particulier d'endosser la tenue sacrificielle. Quelque peu légitime que l'on se sente, il faut se résoudre à tenir cet emploi, ou à se démettre.

Chaque sacrement comporte une liturgie. Puisque la loi, on l'a vu, ne dit rien de raisonnable sur la mort, il a fallu inventer quelque chose, un geste qui ménage à l'officiant un rôle, donne au magicien un semblant de baguette. Nous avons trouvé le réflexe cornéen.

Dans le silence qui s'est fait, j'approche ma main du visage défiguré. Je soulève une paupière et pose la pulpe du pouce sur la cornée. L'absence de réaction signe l'abolition du réflexe cornéen, celui qu'aucun coma, si profond soit-il, n'atteint. On en conclut que c'est la mort.

Le geste n'est pas seulement infaillible : il est spectaculaire. Le médecin rouvre pour une dernière fois les yeux du patient. Il lui rend un instant un regard, pour y lire la certitude de son trépas. Le profane croit que la mort s'accomplit quand les yeux se ferment, le médecin, lui, prend la liberté d'agir à rebours de ce sens commun. La tragédie y trouve son compte, avec une certaine grandeur.

Voilà, je peux maintenant écrire :

« Le 3 novembre à minuit et quart, monsieur A. C., né le 24 avril 1898, est décédé. »

Mais je mettrai longtemps à ôter de mes mains l'odeur imperceptible et tenace des yeux morts. Aujourd'hui, vingt ans plus tard, il m'arrive encore de la sentir.

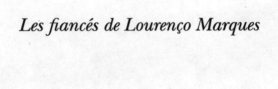

Les fiancés de Lourenço Marques

Trois fois j'ai refermé la porte du lodge. Tu te serais moquée de moi, à me voir rentrer et ressortir, vérifiant comme un maniaque que tout était bien à sa place. Il me semblait que les peaux de koudou, sur les murs, étaient mal accrochées, que des taches souillaient les larges planches rouges du parquet... Mais non. Tout est prêt, tout attend que tu arrives.

Du tertre où est construite la maison, il faut descendre quelques mètres pour atteindre le garage. L'allée se faufile entre deux énormes rochers rugueux, comme des pachydermes grenat, couleur d'Afrique. Ce matin, à cause des orages de la nuit, il flottait sur ce chemin une odeur de bois pourri. La terre rouge encore humide était grêlée des petits trous que les gouttes de pluie avaient creusés à sa surface. Tout alentour, le vert cru des herbes de savane répondait au bleu du ciel matinal. À cette heure-là, de chez nous (chez *nous*... !), on peut voir jusqu'à la mer. Juste en dessous de la ligne d'horizon se détache au loin la silhouette de la capitale, avec ses immeubles et ses maisons basses. Mais une heure plus tard, quand le soleil est à sa place, c'est-à-dire bien fixe au-dessus des têtes, la lumière recouvre tout de son incandescence.

J'ai frissonné en montant dans la Land Rover, à cause des banquettes froides sans doute, mais aussi parce que en apercevant la ville au loin, l'idée m'est venue que tu y étais peut-être déjà.

As-tu souvent pensé, comme moi ce matin, à notre première arrivée ? Sur le pont du cargo qui nous amenait de Durban, nous regardions aussi la ville à l'horizon, mais depuis la mer. Nous avions tout à craindre de la découvrir, car son nom nous avait fait longtemps rêver : elle ne s'appelait pas Maputo à l'époque. Elle portait encore le vieux nom colonial que lui avaient donné les Portugais : Lourenço Marques. Ces deux mots joints nous promettaient de célébrer les noces littéraires et mythiques de Laurent le Magnifique et de Fermina Márquez. Nous aimions l'un et l'autre, Florence et Valery Larbaud. Ce voyage déjà long à travers l'Afrique australe semblait nous mener vers ce point ultime et prédestiné...

C'était il y a quarante ans et nous en avions vingt.

Avant de partir, nous avions accompli en Europe cette cérémonie désuète qui, pour ne pas être un sacrement, n'en avait pas moins à nos yeux valeur d'engagement éternel : nous nous étions fiancés. Sur le bastingage souillé de cambouis du cargo, quand je pressais ta main fine, je sentais avec bonheur la bague que je t'avais offerte. Elle était ornée d'un diamant, petit comme nos moyens d'étudiants mais solide, brillant et aussi incorruptible que notre amour.

Heureusement, le bruit rauque du démarreur de la Land Rover a rempli son office et ce stupide attendrissement m'a quitté. Sans y penser, j'ai mis les essuie-glaces et ils ont étalé sur le pare-brise un épais voile de poussière gluante. Il m'a fallu sortir nettoyer la vitre verticale. Enfin, j'ai enclenché la vitesse d'un bon coup du bras gauche. Au fait, t'en souviens-tu ? On conduit à gauche au Mozambique. L'influence anglaise... Nous avions lu tout cela, à l'époque : sans l'arbitrage, à la fin du XIXe siècle, du général Mac-Mahon — le nôtre ! — qui a concédé une large partie de la région aux Portugais, Lourenço Marques aurait été britannique... De l'épisode, il reste le nom de la bière locale, la célébrissime Mac-Mahon, dite MM — prononcer : « Dois M » —, qui coule à flots dans le pays.

Par un chemin défoncé, j'ai rejoint la route, celle qui mène au royaume montagneux du

Swaziland. La frontière n'est qu'à trois kilomètres, mais elle est fermée pour cause d'interminables travaux. Nous sommes passés par là ensemble il y a quarante ans et tu avais aimé grimper dans ces collines ensoleillées. À l'époque portugaise, cette région n'était guère différente : le Mozambique est si vaste qu'il n'a jamais été complètement cultivé. Il a toujours eu, même par ici, ce petit air de brousse à la fois opulente et débraillée, naturelle en somme. Pourtant, si l'on regarde bien, on peut remarquer le long de cette route, bordée de paisibles maquis, les traces de tous les drames qu'a vécus ce pays en quarante années. Je te montrerai de grandes fermes portugaises à l'abandon : les galeries métalliques à colonnettes qui entourent les bâtiments sont rouillées et une végétation d'agrément — bougainvillées, jasmins, glycines —, redevenue sauvage, se lance à l'assaut de leurs arabesques. Nous avons vu tout cela bien ordonné jadis. Les familles de colons proprettes, bien pieuses et bien blanches, régnaient sur leurs vastes fazendas. Et les Noirs étaient en apparence résignés à leur rôle de valetaille ou de bête de somme. À une lettre près, « indigène » devient « indigne », et c'est ici que tu l'as découvert.

Depuis, les colons sont partis et ont laissé derrière eux une guerre civile meurtrière. Rho-

désiens puis Sud-Africains ont consciencieuse-
ment soufflé sur les braises et, cette fois, il n'y
eut pas de Mac-Mahon pour trancher. L'horreur
dura quinze ans. De cela aussi « notre » route
garde la trace. En allant vers Maputo, elle
traverse une voie ferrée souvent bombardée et
tu pourras y voir un train piquer du nez dans la
rivière infestée de crocodiles.

Je pense à tout cela en prenant les derniers
virages qui mènent à l'autoroute. Une invention
sud-africaine encore, cette *highway* qui rejoint
Johannesburg. Depuis le retour de la paix,
Maputo est redevenue le débouché naturel du
Transvaal, de ses minerais, de son charbon et de
ses Boers au crâne rasé. Les Mozambicains, eux,
montent jusqu'à Nelspruit pour faire leurs
courses dans de grands « Malls » à l'américaine.
Mais sur les bas-côtés de l'autoroute ultramo-
derne, où le péage se fait par carte bleue, mar-
chent des femmes en boubou, portant des
paniers sur la tête.

Le paysage devient ensuite tout à fait plat. De
l'autre côté de l'estuaire se déroule la côte
monotone qui va jusqu'à l'île d'Inhaca. Derrière
elle, s'étend la grande réserve des éléphants, un
coin salement miné pendant la guerre, et qui
reste dangereux si on s'éloigne de la route.

« Si on s'éloigne de la route. » C'est drôle
comme l'esprit peut s'enrouler autour d'une

phrase. J'ai ruminé celle-là jusqu'à l'entrée de la ville. Je pensais aux détours que j'avais faits, moi, hors de cette route depuis quarante ans. En 1963, j'étais un tout jeune violoniste, un virtuose un peu singe savant, élevé par des parents ordinaires quoiqu'ils eussent traversé l'Europe en flammes depuis leur Russie natale. Toi, la petite Française pur jus, tu semblais en avoir vu bien d'autres, sans doute parce que tu étudiais les lettres. Tu ne sortais pas des livres, mais ils t'avaient donné ce qui me paraissait alors une grande maturité. Tu parlais de l'amour avec l'expérience de plusieurs milliers de pages. La musique n'était pas ton domaine et pourtant tu m'as influencé de façon décisive. L'exigence que tu m'as donnée m'a peut-être sauvé. La première, tu as eu assez de force morale pour ne pas seulement m'applaudir, mais pour me faire aussi éprouver mes faiblesses, mes limites et rejeter toutes les mauvaises raisons que je me trouvais pour n'être pas meilleur. Grâce à toi, je n'ai pas dévié de ma route. Je l'ai suivie de Philadelphie à Melbourne, en passant par Berne, Francfort et enfin Paris. J'ai fait une carrière de soliste dans les plus grands orchestres. Je ne suis devenu ni célèbre ni riche, mais j'ai pu vivre de mon art et m'y consacrer tout entier.

Quand je t'ai envoyé l'an dernier le coffret de mes enregistrements, j'ai eu le bonheur d'apprendre par une lettre de toi que tu les avais achetés au fur et à mesure de leur parution. Tu avais suivi mes progrès, tout comme j'avais suivi les tiens, en lisant chacun de tes livres.

Abruti par le ronronnement de la Land Rover, je ne me suis pas tout de suite aperçu que j'étais entré dans la ville. Maputo n'est belle que de la mer. C'est peu de dire que je n'aime pas l'approcher ainsi par l'intérieur, de dos en quelque sorte. Si on ne traversait pas de temps en temps des petits bras d'estuaires vers lesquels se tendent d'étroits pontons de pêcheurs, la banlieue de Maputo, comme toutes les villes du tiers-monde, ne serait qu'un dépotoir, une lèpre. Des maisons basses où se confondent cases africaines et frontons de garages, murs aveugles d'ateliers et silos traditionnels disputent l'espace à une campagne défigurée. Des bananiers effrangés appellent à l'aide en agitant leurs manches vertes, mais on sent bien que pour eux la partie est perdue. À mesure que l'on avance, les immeubles deviennent plus hauts. Au centre, dans la ville haute, les belles avenues rectilignes sont bordées de flamboyants ou d'acacias. On sent que la végétation se met au garde-à-vous le long des trottoirs devant les belles demeures coloniales. C'est la Maputo de la grande époque portugaise, celle de notre premier voyage.

En prenant l'avenue Mao-Tsé-toung, j'ai pensé

qu'il allait falloir t'expliquer un peu les noms de rues... Quand je suis revenu m'installer ici, j'ai cru que le gouvernement allait les changer en même temps qu'il abandonnait le marxisme-léninisme. C'était mal évaluer l'extraordinaire quête d'identité de ce peuple. Tout à l'idée de forger une conscience nationale dans ce pays divers et longtemps aliéné, les Mozambicains conservent avec attendrissement tout ce qui a pu faire partie de leur histoire. On trouve ici la rue Marques-de-Pombal, en l'honneur du Portugal ; l'avenue Nkrumah, héros des indépendances africaines ; l'avenue Eduardo-Mondlane, père spirituel du Frelimo, et tout le florilège des figures historiques du marxisme. Mais, dans ce pays qui est désormais le bon élève du FMI, le libéralisme est partout : ainsi l'avenue Karl-Marx est-elle encombrée de Toyota. Quant aux Américains, leur centre culturel est situé au carrefour de l'avenue Mao-Tsé-toung et de l'avenue Kim-Il-sung.

Cette ville, décidément, nous ressemble : le plan des rues, à angles droits, lui donne une apparence de raison, mais elle contient les édifices les plus hétéroclites, témoins des erreurs et des espoirs du passé. Aujourd'hui, tout le monde investit : je te montrerai le gratte-ciel chinois, avec ses toits aux coins relevés à la manière des pagodes... La ville explose d'une prospérité qui n'est pas sans incertitudes.

À ma manière, je fais partie de cette ère nouvelle, puisque je suis arrivé, sans l'avoir prévu, le jour même où étaient scellées la réconciliation nationale et la paix. Cela n'avait guère d'importance pour moi, car c'était un autre processus de paix, plus personnel et plus intime, qui me conduisait ici. Mes enfants avaient grandi et, comme tu le sais, je suis deux fois grand-père. Le violon obéissait de moins en moins à mes doigts engourdis de rhumatismes et, à vrai dire, je m'en sentais délivré. Ma femme ne restait avec moi que par habitude et convenance. Il était temps de reconnaître que nous ne nous étions jamais aimés. Alors, un jour, j'ai simplement décidé de partir.

Cette fois, ce ne serait pas un voyage comme les autres mais un retour. J'ignorais pourquoi mais l'évidence était là : cette ville, où je n'étais pourtant jamais revenu, m'attendait. Je m'y suis senti chez moi et j'ai acheté cette maison dans les collines comme si elle m'avait été naturellement destinée.

Arrivé place de l'Indépendance, il n'était encore que dix heures. J'ai décidé de garer la Land Rover et de finir le chemin à pied. Le lourd palais à colonnades de la municipalité qui domine la place est le point névralgique de la ville haute. De là, on peut suivre la Marginale, cette longue promenade côtière bordée de cocotiers où nous sommes allés si souvent marcher le soir. C'est le quartier qui a le plus changé : il est semé de villas luxueuses et d'hôtels avec vue imprenable sur la mer. Mandela y a sa maison, où il vient passer de longues semaines avec la veuve de Samora Machel. Je t'emmènerai au club nautique, que tu as connu et qui garde son charme désuet, hors du temps.

Mais de la municipalité, j'ai emprunté une autre avenue, celle qui part vers l'intérieur, en passant devant l'ancienne maison close qui est devenue le Centre culturel français. J'ai traversé le jardin public, avec sa fontaine Wallace et ses allées de square européen. Les palmiers y sont si hauts qu'ils répandent sur le sol plus que de l'ombre et presque de l'obscurité. Puis j'ai rejoint le quartier historique le long du port. Maputo, dans son immense corps adulte, conserve en elle l'embryon dont elle est née, cette Baixa que personne ne s'est donné la peine de détruire ni de restaurer. Ce premier comptoir, c'est quatre rues aux trottoirs défoncés, des frontons couverts d'azulejos, de vieux balcons à colonnettes. À tout instant, on s'attend à voir apparaître quelques-uns des idéalistes et des forçats, des missionnaires et des orpailleurs venus tenter fortune dans ce pays trop grand pour eux.

Au loin, par la trouée des docks, j'apercevais déjà la mer colorée d'alluvions. La pluie de ces derniers jours avait rendu la terre plus verte et l'eau plus rouge.

Enfin, je suis arrivé à cette place du 24-Juin où s'ouvrent le port et la gare, le lieu où tout, pour nous deux, s'est accompli. C'est sur le perron de la gare, sous cette coupole à écailles surmontée de la sphère armillaire de l'Empire portugais, que nous nous sommes séparés, voici quarante années. J'ai peine à raconter ce qui s'est passé. À vrai dire, aujourd'hui, je vois dans notre décision subite un acte de folie et j'ai du mal à reconstituer le cheminement mental qui nous a conduits l'un et l'autre à accomplir un geste aussi insensé. Plus j'y pense, plus j'y vois l'effet d'un romantisme que je croirais appartenir à la jeunesse, si je n'en étais pas de nouveau habité. Fut-ce la saturation d'un amour que nous ne croyions pas pouvoir jamais être plus parfait qu'en ce moment-là ? Fut-ce une idée sincère, un prétexte, un pari fou ? Le fait est que nous avons décidé ce jour-là de nous rendre nos vies.

Tu ne voulais pas entraver, si peu que ce fût, la carrière à laquelle tu me croyais destiné. « Je ne veux pas t'enfermer dans une maison de fer », m'as-tu dit joliment. Et moi, je ne voulais pas que mes efforts, mes sacrifices, mes absences te privent de l'amour total que je te croyais mériter.

Il y a de quoi sourire. Peut-être cela paraîtra-t-il inconcevable. Et pourtant, nous avons pris cette décision déchirante et magnifique. Je t'ai accompagnée sur ce quai ; tu t'es installée dans le wagon de bois et j'ai hissé ta valise en cuir dans le filet au-dessus de ta tête. Nous nous sommes embrassés une longue et dernière fois. Puis je suis redescendu sur le quai. Ta robe bleue faisait tache au milieu des mineurs en loques grises qui montaient se vendre au Transvaal. J'ai regardé le train partir. Ensuite, j'ai marché dans la ville, étrangement calme, presque vide, ne sachant si je devais jamais être de nouveau heureux.

Ni toi ni moi n'avons pris l'initiative de rompre ensuite le charme, de revenir sur la séparation et nous avons vécu nos vies.

Sur le côté de la gare, derrière une barrière basculante, s'ouvre la capitainerie du port. J'avance maintenant vers l'ombre des manguiers. Il n'y a personne. On me dit que les passagers ne sont toujours pas descendus du bateau. Je ne sais si je dois souhaiter que tout aille lentement ou se hâte. Car le temps, nous l'avons pris et peut-être nous en faut-il encore. Quand je suis revenu ici, c'était avec toi, mais en rêve. J'avais le sentiment que nous achetions ensemble cette maison que tu n'as pourtant jamais vue. Plusieurs années se sont passées avant que j'ose me mettre sur ta piste, te découvrir, t'écrire. Et puis, il y a eu cette incroyable réponse, cette lettre que j'ai lue au plus fort de la saison chaude en frissonnant : ton mari parti, tes enfants élevés, l'envie que tu avais de me rejoindre… Ainsi est née cette évidence que, toi comme moi, nous ne nous étions jamais quittés et qu'après d'aussi longues fiançailles il était temps, peut-être, de songer à nous réunir.

Le dock est rectiligne et, en approchant du bord, je vois au loin un attroupement autour de la passerelle d'un paquebot. Je n'ose pas bouger mais la petite foule s'ébranle dans ma direction. Le soleil est brûlant sous les nuages plombés et la côte tremble de chaleur de l'autre côté de l'estuaire. Des silhouettes qui avancent, une se détache. Elle est vêtue d'une robe bleue. Elle me fait signe. C'est toi.

Tu as vingt ans, et moi aussi.

Garde-robe

C'est en Asie que Reiter m'a raconté cette histoire, à Colombo plus précisément. Nous étions assis au bar de l'hôtel Galle Face.

D'ordinaire, j'oublie ce genre de détail. Cette fois, je me souviens parfaitement de la scène, à cause d'un incident stupide. Ce jour-là, en crawlant à l'aveugle dans la piscine de l'hôtel, j'avais frôlé et, paraît-il, griffé une forte dame anglaise qui barbotait près de l'échelle. Malgré mes excuses, elle était allée se plaindre à la réception. Le regard outré qu'elle m'avait jeté en sortant de l'eau indiquait assez que, si l'île avait toujours été une colonie, j'aurais tâté du fouet et peut-être de la corde. Les Anglaises de la piscine n'étaient d'ailleurs pas les seuls vestiges coloniaux du Galle Face. Tout y fleurait bon l'Empire : les serveurs enturbannés qui marchaient pieds nus ; les ventilateurs qui se débattaient dans l'air tiède de la galerie ; les pelouses minuscules, d'un vert cru, que taillaient à quatre pattes des enfants malingres, armés de ciseaux rouillés. Cependant, Reiter aimait le Galle Face et, malgré tout, moi aussi. Nous nous y retrouvions presque chaque soir. Cette habitude était devenue nécessaire aux célibataires forcés que nous étions, dans ce pays lointain.

J'arrivais en général vers cinq heures. Reiter, lui, me rejoignait un peu plus tard. Sur cette côte occidentale du Sri Lanka, les crépuscules sont superbes. Du Galle Face, on voit le soleil disparaître dans une mer violette qui semble prolonger les terrasses fleuries de l'hôtel. Ce soir-là, le ciel était chargé de longs nuages dorés au passage des derniers rayons. Ils donnaient à la lumière une solennité troublante. Reiter était arrivé en retard, très pâle, et il avait commandé son whisky dès son entrée dans le hall. À peine fut-il assis qu'un serveur patina jusqu'à nous et déposa un verre devant lui. Ce genre de hâte était tout à fait exceptionnelle, tant le climat de cette « Asie brune », comme l'appellent les géographes — climat moral autant qu'atmosphérique —, contrariait toute agitation, amollissait et rendait les plus nerveux sereins et presque assoupis. Mon travail contribuait encore à cette démobilisation : chargé d'attribuer les visas au consulat, j'avais pour consigne d'en accorder le moins possible. La paresse était en quelque sorte pour moi la façon la plus rigoureuse d'obéir aux ordres.

Reiter, lui, était censé en faire un peu plus. Il travaillait pour les Nations unies et s'occupait des victimes civiles du conflit qui ensanglantait l'île. Il était très sollicité au moment des offensives militaires dans le Nord et lorsque des attentats frappaient la capitale. En le voyant si bouleversé, je pensai qu'un brutal réveil de la rébellion avait dû se produire, sans que j'en sois encore informé. Mais quand il eut avalé une bonne rasade de whisky, il m'entraîna dans une tout autre direction.

— Avez-vous déjà rencontré Rahawal ? me demanda-t-il.

— Votre majordome ?

« Boy » sentait un peu trop l'Afrique ; la coutume sur l'île voulait que l'on donnât le nom désuet et pompeux de « majordome » aux pauvres bougres qui venaient faire du ménage et du repassage chez les étrangers.

—Je l'ai vu une fois l'an dernier, je crois, quand je suis allé dîner chez vous.

À l'époque, Reiter venait d'arriver et s'était lancé dans le train d'invitations rituel, train qui, en général, s'arrêtait vite et laissait place à des formes plus relâchées de civilité, comme nos apéritifs au Galle Face.

— C'est bien lui, je n'en ai pas changé.

Comme la plupart des expatriés qui vivaient seuls dans l'île, Reiter avait de préférence engagé un homme. Cela permettait d'éviter certaines complications qui avaient surgi dans le passé, quand des célibataires employaient des domestiques femmes. Rahawal lui avait été recommandé par le cuisinier de la Croix-Rouge.

— Qu'a-t-il donc fait, ce Rahawal ? demandai-je avec un sourire benoît.

L'excitation des autres nous paraît toujours plus futile que la nôtre et il est facile de lui opposer un front serein.

— À voir votre tête, ajoutai-je, on croirait qu'il a jeté une bombe chez vous.

Reiter secoua gravement la tête.

— Une bombe... si l'on veut. C'est à peu près cela.

Je le dévisageai avec étonnement. Jamais encore je n'avais vu son visage prendre une expression aussi douloureuse. Reiter était plus âgé que moi. Il avait largement dépassé la cinquantaine et affectait volontiers un scepticisme placide. J'admirais son détachement, son ironie, le moelleux de sa conversation, qui devait tout à Montaigne. Cependant, malgré nos bavardages quotidiens, je savais peu de chose de lui, sinon qu'il était entré tard à l'ONU, après une carrière dans les affaires. Il m'avait laissé entendre qu'il avait divorcé deux fois. Il correspondait avec ses enfants qui poursuivaient leurs études en Europe et aux États-Unis.

— Peut-être pourriez-vous m'en dire un peu plus...

Après avoir commandé deux autres verres, Reiter parut revenir à lui. Il se redressa dans son vaste fauteuil en osier, et sa voix redevint nette et claire.

— Rahawal est un vrai numéro, vous savez. Il me fait penser à Hadji Baba d'Ispahan : toujours des combines, des ruses et avec ça, souriant, sympathique. Impossible de lui faire confiance et impossible aussi de lui en vouloir s'il vous roule...

— Tout à fait comme Ravi chez moi.

— Il parle assez bien l'anglais, poursuivit Reiter, sans paraître entendre ma remarque. Nous discutons beaucoup. Si j'ai besoin de quelque chose d'introuvable, il me le déniche et n'a pas son pareil pour commenter les événements politiques.

Ce pays n'échappe pas au jeu oriental des intrigues, des alliances souterraines, des complots dans lequel les étrangers se perdent à plaisir. Tout y est indéchiffrable — à commencer par l'écriture des langues —, et cette fièvre lente de mystère resterait bénigne si, par moments, l'explosion d'une voiture piégée ne venait donner à

ces difficiles équations une solution bien con-
crète et bien sanglante.

— Est-il pacifique… ? continua Reiter, comme
s'il posait cette question pour lui-même. Oui, et
pourtant il est capable d'une incroyable violence,
peut-être à son insu. Je l'ai vu, l'autre jour, trancher le cou d'un poulet avec un couteau rouillé
et il a fait durer cette boucherie près d'un quart
d'heure. Il s'est même interrompu, alors que la
pauvre bête n'était pas encore morte, pour aller
répondre au téléphone...

— Vient-il de la côte ou du centre ? demandai-je, moins par curiosité que pour rappeler à
Reiter ma présence.

— Du centre. Sa mère était cueilleuse de thé
dans les hauts plateaux. Il n'a pas connu son
père. À six ans, il a été envoyé chez son oncle à
Kandi et ensuite ici, un peu plus tard.

— Et, naturellement, il trempe dans la politique ?

C'était l'énoncé d'une évidence, car la plupart
des jeunes de la capitale prennent plus ou moins
parti, souvent contraints et forcés, dans la guerre
civile qui oppose la rébellion du Nord et le gouvernement. Pourtant, ma question parut susciter
un déclic dans l'esprit de Reiter. Il me regarda
fixement et j'eus l'impression désagréable qu'il
venait tout juste de se rendre compte à nouveau
de mon existence. Après une dernière hésita-

tion, il décida de se jeter à l'eau. Je le vis se pencher en avant pour être plus près de moi et jeter un coup d'œil à droite et à gauche. Enfin, il entra dans ce qui devait constituer le vif de son sujet.

— Je dois d'abord vous confier quelque chose de très personnel, commença-t-il.

Je fis un geste de la main pour signifier que j'accueillais volontiers sa confidence mais ne le contraignais nullement à la livrer.

— Voilà, reprit-il en regardant mon verre ou mes doigts, je suis né pendant la guerre et mon père a été arrêté en 43, quand j'avais deux ans.

Il parlait sans émotion, comme s'il dressait un procès-verbal.

— Il a connu toute une série de prisons en France puis, finalement, a été déporté en Allemagne, au camp de concentration de Buchenwald. Il y est resté presque deux ans.

Les maigres ampoules qui éclairaient la galerie, entourées de phalènes, déposaient sur les visages une phosphorescence verdâtre qui accentuait encore sa pâleur.

— Pourquoi a-t-il été arrêté ?

Je regrettai tout de suite ma question, craignant que Reiter n'y vît une façon brutale de demander s'il était juif.

— Il faisait partie d'un réseau de résistance, répondit-il, et, à son ton naturel, je compris qu'il n'avait pas mal accueilli mon indiscrétion. Quelqu'un a parlé sous la torture et l'a dénoncé. Mais peu importe. L'essentiel n'est pas là.

Où donc, alors ? Je n'aime guère les confidences quand elles ne livrent pas des souvenirs heureux. Moi qui supporte plutôt bien la chaleur, je sentais une gêne et ma chemise était tout humide dans le dos.

— L'essentiel est qu'il est revenu. Il a vécu encore dix ans. Mais quelque chose était brisé en lui. Un soir d'octobre, il s'est pendu dans la pièce qui lui servait de bureau.

Un groupe d'hommes d'affaires anglais, coiffés et parfumés pour le dîner, passèrent devant nous et firent une bruyante mais heureuse diversion.

— Il a fallu que je travaille presque tout de suite pour aider ma mère. À quinze ans, je suis entré comme commis dans une entreprise de peinture. Elle a été rachetée par un grand groupe de produits chimiques. J'y suis resté et j'ai grimpé les échelons. Dans ce genre de boîte, il suffit de durer, et on monte tout seul.

Avec la main, il fit le geste de tourner les pages d'un grand livre, et c'était sans doute le signe qu'il voulait sauter de nombreux épisodes.

— Ma mère est morte il y a huit ans. J'avais divorcé peu de temps avant pour la deuxième fois. Depuis quelques mois, professionnellement, j'étais parvenu au sommet. Le conseil d'administration m'avait nommé président. En un mot, j'étais à la tête du premier groupe pétrochimique européen. Mes enfants entraient à l'université. Tout cela, bien banalement, me préparait à la crise de conscience de la cinquantaine...

Il rit et j'en profitai pour en faire autant, comme un spectateur qui se racle la gorge entre deux morceaux de musique.

— Ça s'est passé dans l'appartement de mes parents. J'étais en train de le vider avant de le mettre en vente. Tout à coup, au fond du placard, j'ai retrouvé toutes les affaires que mon père avait rapportées du camp.

— Et qu'est-ce que l'on peut bien rapporter de déportation ?

— Beaucoup de choses, figurez-vous. Et d'abord, sa correspondance.

— Vous voulez dire qu'il recevait des lettres ? À Buchenwald !

— Ah, vous ne le saviez pas non plus ? Moi, je me suis renseigné depuis et j'ai découvert que, sous certaines conditions, les déportés pouvaient écrire et recevoir du courrier. Bien sûr, tout était strictement réglementé. Les nazis avaient fait imprimer des formulaires spéciaux. Il fallait écrire au crayon et en allemand. Le message devait être tout à fait banal : « Je vais bien, je suis en bonne santé, etc. » Mais sur la plupart des lettres, on voit l'écriture se déformer au bout de deux lignes et devenir illisible, ce qui veut dire : je suis épuisé et cela, croyez-moi, c'est le plus émouvant. Ensuite, le papier était glissé dans une enveloppe timbrée à l'effigie d'Hitler, avec un cachet bien rond, tout à fait semblable à celui de n'importe quel bureau de poste du monde, sauf qu'y était inscrite cette provenance singulière : Konzentrazionlager Weimar-Buchenwald... En retour, les lettres de ma mère lui parvenaient — enfin, quelques-unes —, et il les avait gardées dans sa poche pendant tous ces mois d'horreur, il avait dormi, sué, grelotté de froid en les tenant toujours contre lui, au point qu'elles étaient devenues des plaquettes parcheminées, cassantes, tachées. Mais il les avait rapportées.

Il faisait tout à fait nuit. Une lune, invisible d'où nous étions, soulignait le mince fil gris de l'horizon, et des voiles argentées, comme de petits copeaux de ciel qu'aurait tranchés cette lame, s'éparpillaient en contrebas. Les pêcheurs sortaient pour aller poser leurs casiers.

— J'ai retrouvé bien d'autres petites choses : des tickets qui servaient pour les appels, l'infirmerie, la nourriture. Mon père avait conservé ces misérables petits trésors, cachés dans son uniforme rayé. Le pantalon avait dû tomber en

loques mais j'ai retrouvé la veste, puante et ma-
culée de taches, avec, cousus sur la poitrine, le
triangle rouge des politiques et une bande qui
portait le numéro qu'on lui avait tatoué au
poignet.

— On ne vous avait jamais montré tout ça ?

— Jamais. Et je n'y avais pas pensé une seule
fois pendant ces années occupées à acquérir le
confort et des biens matériels. Ma vie s'était dé-
roulée en marge du passé, vous comprenez ?
C'est à ce moment-là que je me suis mis à lire
des livres sur les drames du XXᵉ siècle. J'ai commencé aussi à envisager la politique comme
autre chose qu'un sport dérisoire où des équipes
presque identiques s'affrontent autour des urnes
de temps en temps. Vous pouvez juger que
c'était tard mais, après tout, certains n'y parvien-
nent jamais. En tout cas, moi, j'ai découvert à
cinquante ans que l'Histoire était une tragédie
et que j'avais le devoir d'y prendre part.

— De quelle manière ?

— C'était toute la question, s'écria-t-il en me
regardant en face cette fois. Ne pas oublier, c'est
bien beau, mais les commémorations, les musées,
le souvenir, cela ne me satisfaisait pas. Pas du
tout. Car, à mes yeux, rien n'est achevé. Les tra-
gédies d'hier ne nous ont pas rendus quittes de
celles d'aujourd'hui. La mémoire ne vaut que si
elle éclaire le présent et l'avenir.

— Et c'est comme ça que vous avez choisi l'humanitaire ? dis-je avec entrain, trop heureux d'en finir.

Reiter se renfrogna immédiatement.

— Oh ! lâcha-t-il en baissant le nez, l'humanitaire, voyez-vous... Je ne suis pas sûr que ce soit exactement le mot. Quand on garde le souvenir des camps, on juge tout ça suspect. Apporter des couvertures à Auschwitz, est-ce que c'était vraiment la solution ? Moi, ce que je cherchais, c'était éradiquer le mal à la base... Lutter pour la paix, combattre la barbarie, délivrer ceux qui sont écrasés par les dictatures… Ambitieux programme, je vous l'accorde. Le problème, c'est d'avoir les moyens de le réaliser. Et je vous avoue que je n'ai rien trouvé de satisfaisant. J'ai choisi finalement les Nations unies, parce qu'il me semblait que cette organisation représentait un idéal proche de ce que je désirais. À l'origine, les Nations unies, c'est la volonté d'opposer une force juste à la barbarie. Mais quand je vois à quoi on m'emploie ici, auprès des victimes… je suis d'accord avec vous. Cela se réduit à peu près à ce que vous appelez l'humanitaire. Tant pis. L'essentiel est moins ce que l'on fait que les raisons pour lesquelles on le fait, n'est-ce pas ?

Il marqua une petite pause embarrassée et, cette fois, je le comprenais bien : moi non plus, je n'aurais pas été trop à l'aise pour justifier ce que je faisais toute la journée. Quand j'avais choisi la diplomatie, j'avais pourtant aussi de grandes idées en tête...

— Excusez-moi pour cette confession un peu trop longue. Mais il fallait que je vous explique tout cela pour en arriver à l'affaire d'aujourd'hui. Voilà : j'ai éprouvé le besoin de conserver une relique de la déportation de mon père. J'ai choisi la plus terrible de toutes, la plus impressionnante à mes yeux : sa veste rayée de bagnard. Je l'emporte avec moi partout. Elle représente pour moi l'horreur suprême.

— Je comprends, dis-je, pour signifier, en somme, le contraire.

— C'est un geste rituel, une sorte de superstition dont je mesure le ridicule. Mais je me dis que tant que la bête est enfermée là, elle est neutralisée. Bien sûr, il y a des souffrances dans le monde, mais aucune n'atteint encore le sommet, cette industrialisation de l'horreur à quoi le IIIe Reich était parvenu. Le danger existe toujours. On ne l'a pas fait disparaître et sans doute est-ce impossible. Tout au plus peut-on le tenir sous surveillance.

— Vous auriez pu la mettre dans un coffre et ne plus vous en occuper.

— Non, j'ai besoin de sentir qu'elle est près de moi, sous ma garde, dans sa boîte.

— La boîte de Pandore, ajoutai-je, ne voulant pas rater l'occasion d'une platitude.

Il sourit avec une indulgence dont je lui fus sincèrement reconnaissant. Puis se redressant d'un coup et prenant un ton de voix fort et assuré, il me demanda :

— Que faites-vous pour le dîner ?

— Rien de particulier...

Trois ou quatre fois déjà, nous avions poursuivi des conversations dans le même restaurant, un établissement assez animé, où des danseuses venaient égayer les esseulés. L'hésitation que je marquai était due à l'évocation de ce lieu frivole qui, ce soir, ne paraissait guère convenir au sérieux de la conversation.

— Allons au chinois d'en face, me dit Reiter.

Cette idée simple emporta mes réticences et j'acceptai avec plaisir. À l'évidence, nous n'avions pas atteint le véritable fond de l'histoire qu'il voulait me raconter et j'étais assez intrigué par le rôle que ledit Rahawal pouvait y tenir.

Devant l'entrée du Galle Face, une longue esplanade borde la mer. Un parapet de pierre domine la plage : quand la mer se retire, le sable est tout hérissé de troncs d'arbres plantés en brise-lames, noircis par le sel et couverts de grappes de coquillages. À la tombée du soir, et les fins de semaine, les habitants de la ville se rassemblent là, pour lancer des cerfs-volants que la brise

de mer entraîne à des hauteurs étonnantes. Dès
la sortie de l'hôtel, la bousculade du front de
mer nous assaillit. Des marchands de pop-corn
et de glaces avaient installé leurs remorques un
peu partout et des groupes souvent très jeunes
passaient de l'une à l'autre en riant. La brise
fraîche mêlait à l'aigreur marine des relents de
patchouli et de grillade. La foule était suffisam-
ment bruyante pour nous dispenser de l'être et
nous traçâmes notre chemin l'un derrière l'autre
jusqu'à l'angle de l'esplanade où brillait l'en-
seigne orange et jaune de la « Cigogne impé-
riale ».

À peine installés devant nos bols de porce-
laine, Reiter, comme je le pressentais, reprit le
fil de son histoire, qu'il n'avait, semble-t-il, jamais
quitté.

— Hier matin, commença-t-il sans le moindre
préambule, j'ai reçu la visite d'un délégué suisse
du CICR. Il est venu me parler d'un rapport à
paraître à Genève le mois prochain. C'est une
enquête très complète sur la guerre dans ce pays.
Vous connaissez ce document ?

— Non. À l'ambassade, nous avons quelqu'un
pour les questions humanitaires...

— Le Suisse a accepté de m'en laisser une
copie. Je l'ai lue d'une traite dans mon bureau.
Il y a tout là-dedans. C'est absolument accablant.
On y décrit par le menu la répression gouverne-

mentale, la condition des prisonniers rebelles dans les geôles, les exactions contre les civils, la torture... Mais on trouve aussi un tableau très complet des violations des droits de l'homme commises par la guérilla. Les rebelles sont fascinés par la mort, le sacrifice ; ils fanatisent des enfants pour en faire des combattants aveugles qui ne pensent qu'à s'immoler en commettant des attentats suicides.

— Il me semble que tout cela a déjà été dit...

— Pas aussi clairement. Pas avec autant de détails horribles. En tout cas, j'ai été bouleversé. Depuis que j'ai choisi cette nouvelle voie, je n'avais pas encore éprouvé l'impression d'être face à un drame aussi profond que celui de la Seconde Guerre mondiale. J'ai vu beaucoup de souffrances mais aucune, j'ignore pourquoi, ne m'avait paru à la mesure de celle qu'avait endurée mon père.

Des nems bien gras avaient été déposés devant nous et la faim qui me tenaillait me permit de les engloutir sans être incommodé par leur odeur rance. Reiter, lui, ne paraissait même pas s'être rendu compte de la présence de ces nourritures terrestres.

— Cet après-midi, poursuivit-il, je ne suis pas allé au bureau. J'avais besoin de remettre mes idées en place, en restant tranquillement chez moi. Rahawal était là. D'habitude, il travaille

seul et j'imagine qu'il ne fait pas grand-chose.
Ma présence le contrariait. Il s'est mis à déployer
une activité bruyante. Je l'entendais cogner l'as-
pirateur contre les portes. Vers quatre heures, je
lui ai demandé du thé et l'idée m'est venue de
lui en faire préparer deux. Pendant qu'il le boi-
rait avec moi, j'aurais la paix. Peut-être avais-je
surtout envie de discuter.

Je fis signe au serveur de changer les plats,
bien que Reiter eût à peine touché au sien. Mais,
à l'évidence, il était lancé et je n'avais plus qu'à
le laisser aller jusqu'au bout de son propos.

— Officiellement, Rahawal n'a rien à voir
avec les rebelles, bien entendu. En réalité, il a de
nombreux liens avec eux. Peut-être même me
surveille-t-il pour leur compte. Je lui demandai
donc s'il confirmait ce que j'avais lu ; s'il savait,
par exemple, qu'existaient bien au nord, dans
les zones contrôlées par la guérilla, des jardins
pour enfants voués au culte des morts, décorés
de photos de combattants martyrs, jeunes pour
la plupart, sympathiques, souriants et qui, le
plus souvent, s'étaient déchiquetés eux-mêmes
en faisant sauter des ceintures d'explosifs au
milieu d'attroupements de civils. Il confirma et
précisa à ma demande que dans ces étranges
parcs à jeux, les balançoires étaient en forme de
mitraillettes et des coques d'obus transformées
en toboggan. Je lui parlai aussi des commandos

noirs dressés à donner la mort et à commettre des actes de barbarie. Il me dit qu'il ne s'agissait pas de barbarie mais de guerre, une guerre juste de surcroît et qui légitimait l'emploi de moyens exceptionnels.

« Jamais encore Rahawal n'avait pris le parti des rebelles aussi clairement, mais cet après-midi, il avait décidé de me provoquer. Nous parlâmes des prisonniers et il justifia avec les mêmes arguments la torture et les exécutions arbitraires. J'essayai d'employer le vieil argument dit de réciprocité : il ne faut pas faire aux autres ce que vous ne voudriez pas qu'ils vous fassent, etc. Il me regarda en ricanant et prit l'air faussement benêt de celui qui ne comprend pas (mais je voyais son œil pétiller). Il me dit : "Mais, voyons, les rebelles se moquent pas mal de ce qu'on leur fera s'ils sont prisonniers, puisqu'ils ont leur capsule ! — Quelle capsule ? lui demandai-je. — La capsule de cyanure, qui pend autour de leur cou. Ils en portent tous une, attachée par une petite chaîne. S'ils sont prisonniers, ils la croquent et c'est fini : ils sont morts. Hi ! Hi ! Alors pourquoi voudriez-vous qu'ils se privent de faire ce qu'ils veulent avec leurs prisonniers ?" Je le regardai sévèrement et lui dis : "De leurs prisonniers *vivants*, Rahawal." Il se contenta de hausser les épaules, avec la mimique de celui qui n'y peut rien si les autres font des bêtises.

Reiter n'avait pas non plus touché au second plat et je jugeai charitable de dire quelques mots pour qu'il s'interrompe et se nourrisse.

— Il est gonflé, votre Rahawal, de s'afficher comme ça en faveur des rebelles. La police a des oreilles partout, dans notre bonne capitale. Ça pourrait lui coûter cher.

— Il est plus prudent d'habitude mais il sait bien que je n'irai jamais le dénoncer, quoi que j'en pense. D'ailleurs, il a même poussé l'audace un peu plus loin. Quand je lui ai demandé s'il accepterait de mettre un de ses enfants dans ces camps de préparation à la mort, il m'a regardé avec un sourire ironique qui voulait dire : « Cherchez vous-même. » Son insolence a eu le don de me mettre en fureur, je l'ai insulté et, là, je crois qu'il a eu peur. Pas de la police ni de mon opinion, mais simplement de perdre sa place quand il a vu que je me fâchais.

— Je ne vois pas pourquoi vous discutez avec quelqu'un de fanatisé. C'est inutile.

— Vous ne comprenez pas, s'écria Reiter avec un geste d'impatience qui me fit échapper ma boulette de riz, ce n'était pas pour lui en particulier que je parlais. Mais pour moi, seulement pour moi. J'avais besoin de crier à quelqu'un ce que j'avais sur le cœur. Alors, je lui ai tout sorti.

Il ricana mais c'était un petit rire sinistre,

comme le cri d'un malade qui lance : « Je suis guéri », au moment de rendre l'âme.

— Tout sorti, oui. Je lui ai parlé de l'engrenage de la barbarie. Je lui ai demandé s'il ne voyait pas le danger qu'il y a à adopter les méthodes criminelles de l'État contre lequel on veut lutter et à rivaliser de violence aveugle avec lui. Que se passera-t-il demain si ses amis les rebelles viennent au pouvoir ? L'appareil totalitaire qu'ils ont mis au point dans la guerre prendra des proportions monstrueuses dans la paix et ils seront pires que ceux qu'ils veulent remplacer.

Reiter s'interrompit un instant et versa un peu de bière chinoise dans sa gorge incendiée par la colère.

— La discussion a duré près d'une heure, si on peut appeler ça une discussion, parce qu'il n'y avait que moi qui parlais. Le pauvre Rahawal, voyant dans quel état j'étais, m'a simplement écouté, avec un air vaguement respectueux où l'accablement se mêlait à l'impatience. Mais je m'en moquais. J'étais hors de moi. J'ai continué mon tour du monde de l'indignation. J'ai pris des exemples partout, des Khmers rouges aux Talibans, de la révolution iranienne aux maoïstes chinois, des Kurdes du PKK au FLN algérien. Je ne suis pas sûr que ça lui disait quoi que ce soit. Mais je m'obstinais. Je voulais lui montrer qu'il fallait juger les intentions de ceux qui veulent le pouvoir *avant* qu'ils ne s'en saisissent. Finalement, comme il fallait s'y attendre, j'ai ramené tout cela à l'Europe et je me suis retrouvé en train de lui parler du IIIe Reich, des camps, du programme d'extermination qui était déjà lisible dans les déclarations d'Hitler avant la guerre. Et tout d'un coup, je me suis brutalement rendu compte de mon ridicule. Pour ne pas perdre complètement contenance, j'ai quitté la pièce en claquant la porte...

À ce moment du récit de Reiter, un diplomate canadien de ma connaissance se leva de table avec quelques amis et nous salua aimablement. C'était un intermède bienvenu, qui me permit de demander l'addition. Reiter en profita pour engloutir quelques bouchées de bœuf à la sauce piquante. Il avait visiblement besoin de reprendre des forces.

— Je n'ai pas cessé d'y penser, après être sorti de chez moi. Et tout à coup, je me suis souvenu que l'an dernier j'avais rencontré Rahawal dans la rue avec un enfant de sept ans d'une étonnante beauté. Il avait le teint très sombre, comme un bronze patiné, et au milieu de cette obscurité brillaient deux grands yeux d'un vert émeraude, avec des cils fins et longs. Rahawal me l'a présenté comme son fils et, par la suite, je lui demandais souvent de ses nouvelles. Il me disait invariablement que l'enfant allait bien et soudain, il y a six mois de cela, il m'a annoncé gravement mais avec une étrange indifférence qu'il était mort. Je suis sûr maintenant qu'il en a fait un martyr pour la cause. J'ai repensé à ces yeux verts d'une troublante innocence et je les imagine maintenant remplis d'une terrible haine, quelque part dans le Nord, à moins qu'ils ne soient déjà déchiquetés par une bombe...

J'ai profité de la mélancolie de Reiter pour payer la modeste addition et l'entraîner dehors. Une fois dans la rue, nous avons fait quelques pas en silence dans la direction du quartier résidentiel où nous habitons l'un et l'autre. Les petits marchands avaient tous replié leurs étals. Une fraîcheur plaisante courait dans les rues grises. L'asphalte poudreux était jonché d'emballages de frites et de bâtonnets en bois.

— Rahawal a dû sérieusement craindre pour son emploi, après ma colère, dit Reiter en soufflant une profonde bouffée de tabac. Quand je me suis absenté vers quatre heures pour un rendez-vous que j'avais en ville, il a redoublé d'ardeur pour briquer la maison. Il tenait absolument à me faire plaisir. Malheureusement, mon logement est petit et je vis en célibataire, comme vous le savez. Cela ne donne pas beaucoup d'occasions à un employé à plein temps pour faire du zèle. Tout était déjà propre et rangé. Rahawal a cherché désespérément le moyen de frapper un grand coup et de se racheter. Du moins, je pense que c'est comme ça que ça s'est passé.

Trois chiens pelés passaient en caravane, et dans le désert de la rue qu'éclairait la lune, on avait presque envie de les saluer.

— Voilà, quand je suis rentré tout à l'heure, Rahawal était parti. J'ai repris une douche, la quatrième de la journée, mais avec la moiteur d'ici... Ensuite, j'ai cherché une tenue propre pour venir prendre un verre avec vous. J'ai ouvert ma penderie. Tous mes costumes y étaient bien proprement alignés, comme d'habitude, sur des cintres. J'ai saisi les vestes une par une par l'épaule, pour trouver ma saharienne beige.

Nous nous étions arrêtés, je ne saurais dire pourquoi, sans doute parce que Reiter s'était figé. En tout cas, quand je me tournai vers lui, il était livide.

— C'est à ce moment-là que je l'ai remarquée. Elle était impeccablement présentée, entre mon costume de lin et un smoking que je garde dans une housse. Elle que je n'avais jamais vue que froissée, jetée en boule, chiffonnée, conservée mais sans égard, presque avec haine. Rahawal l'avait sortie de sa mallette, lavée, repassée, et elle était bien tendue sur son cintre, comme gonflée d'épaules humaines, avec ses rayures grises et bleues. Il avait même recousu le triangle rouge et le numéro du camp. La veste de Buchenwald était prête. Pour moi. Pour tout le monde. L'horreur était sortie de sa boîte.

Train de vie

Ce fut une simple nuit, en automne, il y a sept ans, mais je ne l'ai pas oubliée. Chaque année, à la même saison, elle me revient à l'esprit dans ses moindres détails. Elle m'apporte un bonheur mélancolique et presque douloureux que j'ai longtemps regretté de ne pouvoir partager. Peut-être qu'en l'écrivant, j'y parviendrai…

Cet après-midi-là, j'étais assis dans un train, gare de l'Est à Paris, et j'attendais qu'il parte. C'était un vieux Corail comme je les aime, parce qu'ils me rappellent mon enfance et que je ne suis pas pressé. Je rentrais chez moi, dans les Ardennes. Ma voiture était restée sur le parking à Chaunes. Il n'y avait pas de risque qu'on me l'ait volée, étant donné son âge et son allure. De Chaunes, il y a encore une heure de route. J'habite en pleine campagne, une maison de pierre jaune, isolée à la lisière des terres cultivées et de la forêt. C'est un choix, car je suis plutôt un enfant des villes. Mais il me faut beaucoup de place pour pratiquer mon métier, le reportage photographique indépendant. La moitié de l'année, je parcours le monde, je suis ouvert à toutes les rencontres. À l'automne, je me réfugie dans la solitude et je travaille. Si j'étais enfermé en ville dans un deux pièces, je deviendrais fou. Pour le même prix, j'ai la place de circuler, et quand ça ne me suffit plus, je sors dans les champs. Autour de chez moi, les guerres ont peuplé la terre de fantômes et ils me tiennent compagnie.

Ce jour-là, je revenais de Paris où j'avais été négocier un nouveau contrat, de plus en plus maigre, hélas, avec l'agence qui vend mes photos. Tout de même, c'était un contrat et il me permettait de continuer à vivre du métier que j'aime. J'en avais profité pour faire un examen médical complet, à l'approche de la cinquantaine. Tout était normal : cœur parfait, cholestérol bas, ni sida ni hépatite C, ouf !

La veille au soir, pour fêter ça, j'avais invité une dizaine d'amis à dîner dans un restaurant. La soirée avait été gaie et je n'avais pas beaucoup dormi. Je comptais me rattraper dans le train mais l'affaire se présentait mal. À quelques rangs de moi s'était installée une bande de Philippines qui riaient et parlaient fort. Le train continuait jusqu'à Luxembourg et c'était sans doute là qu'elles travaillaient. J'imaginais qu'elles étaient employées de maison, comme tant d'autres, et qu'elles n'avaient pas les moyens de s'offrir une place dans les TGV qui filent vers l'Europe du Nord. Mais elles n'avaient pas l'air malheureux pour autant. Elles étaient tout excitées d'avoir fait les boutiques à Paris. Jeans moulants tout neufs, Nike dernier modèle, cachemires branchés, elles fouillaient dans leurs paquets, en se montrant leurs trouvailles, et poussaient des cris joyeux.

Je donne ces précisions pour mieux faire sentir l'ambiance dans laquelle baignait ce wagon. Les filles s'étaient aspergées une dernière fois de parfums, avant de remettre leur blouse de ménage et de se faire discrètes chez leurs patrons. Elles étaient heureuses et fatiguées. J'aurais parié qu'elles avaient passé les dernières heures au lit avec le copain qu'elles n'allaient pas revoir avant de longues semaines. En les entendant se raconter des histoires à voix basse dans une langue que je ne comprenais pas, j'étais plongé dans une rêverie sensuelle qui me mettait de bonne humeur.

La voix du contrôleur retentit soudain. Dans les trains Corail, les contrôleurs ont conservé l'inimitable intonation prolétarienne qui a longtemps fait le charme de la SNCF (avant que le TGV n'impose à son personnel le ton doucereux des compagnies aériennes). L'homme égrena lugubrement les stations du long chemin de croix que nous allions parcourir. Il conclut en annonçant la fermeture des portes. Dans le silence qui suivit, on entendit au-dehors une cavalcade et les cris d'une femme, puis, à l'extrémité du wagon, des bruits sourds de portière et de valise. Presque au même instant, un sifflet retentit sur le quai désert et le train s'ébranla.

La porte coulissante s'ouvrit et une jeune Africaine tout essoufflée remonta l'allée, en tirant derrière elle une valise en plastique. Elle s'arrêta à mon niveau, vérifia son billet et me fit signe qu'elle allait occuper la place vide à côté de moi. Je me levai pour la laisser passer et proposai galamment de hisser sa valise sur le porte-bagages. J'aurais dû me douter, pour avoir si souvent voyagé en Afrique, qu'elle devait peser son poids. Et j'eus en effet le ridicule de m'y reprendre à trois fois, au point qu'une Philippine un peu plus grande que les autres tenta même de venir à mon secours.

J'attendis debout que ma voisine s'installe. Elle garda son manteau noir, du reste assez léger, fourra entre ses jambes un sac de voyage en toile qu'elle portait en bandoulière et me fit comprendre, la tête appuyée sur le fauteuil, qu'elle ne bougerait plus. Je me rassis et l'entendis pousser un grand soupir. Il ne venait pas du spectacle pourtant désolant des pylônes rouillés et des murs lépreux qui défilaient par la fenêtre. C'était le soupir de soulagement de quelqu'un qui a bien cru ne pas y arriver. Elle fouilla dans son sac, en tira un linge blanc trop grand pour être un mouchoir et commença de s'éponger le front et la nuque. Je la laissai faire avec tout le tact possible et plongeai dans le journal gratuit qu'on m'avait remis à la sortie du métro. Je déteste importuner les femmes dans les lieux publics. Par principe, je m'interdis d'adresser la parole le premier à une inconnue et, malgré ma curiosité, j'appliquai cette règle à ma nouvelle voisine.

Cependant, tout en lisant un article sans intérêt sur les élections régionales ou quelque chose de ce genre, je ne pouvais m'empêcher de l'observer discrètement. En jetant des coups d'œil vers la fenêtre, je saisissais quelques images d'elle. J'avais d'autant plus de prétextes pour laisser traîner mon regard que, sans rien dire, elle n'arrêtait pas de s'agiter. Elle avait extrait de son sac une paire de sandales vertes en plastique, d'un type vaguement scandinave. Elle les chaussa à la place de ses mocassins de cuir à talon plat, et émit un petit gloussement d'aise. Un coup d'œil m'avait permis de voir qu'elle avait de jolies jambes. Ses vêtements ne la mettaient guère en valeur. Sous son manteau largement ouvert, elle portait un chemisier blanc et une jupe de toile noire, droite et sans aucune fantaisie. Ces détails déclenchèrent la mécanique des suppositions qui, chez moi, démarre assez rapidement, comme vous l'avez bien compris. Je me laissai porter par un cortège de stéréotypes. « Pour s'habiller triste comme ça, cette fille fait certainement partie d'un groupe religieux. D'ailleurs, en Afrique, aujourd'hui, c'est courant. Les pentecôtistes et autres luthériens font un malheur. » Je l'imaginais chantant des psaumes et battant des mains. Et quand elle sortit de son sac un petit livre, j'aurais parié n'importe quoi que c'était une bible.

Il me fallait en avoir le cœur net. Cette fois, je forçai un peu le naturel. Elle surprit mon regard pendant que je louchais sur sa lecture. Je me trouvai doublement piteux : d'avoir été pris en flagrant délit et de m'être trompé. Car elle ne tenait pas une bible mais un gros agenda. Elle avait remarqué mon manège et me sourit un bref instant. Je repris ma lecture. C'était maintenant un jeu entre nous. Chacun savait à quoi s'en tenir. Elle avait compris que je lui laissais l'initiative et prenait son temps. Elle continua de feuilleter bruyamment son agenda en suçant un stylo. À un moment, elle se tortilla dans son siège. Je crus qu'elle voulait enfin enlever son manteau et m'écartai pour lui laisser de la place.

— Merci, dit-elle en secouant la tête. Je le garde encore. Je sens trop la sueur.

Le signal attendu était donné mais de façon plutôt surprenante. Parler à quelqu'un de sa propre odeur, c'est franchir d'un coup beaucoup d'étapes et se placer sur le terrain gênant d'une intimité. Je masquai mon trouble en bredouillant une platitude.

— Non, non ! Vous ne sentez rien. Enfin, je veux dire, rien de mauvais.

Elle s'était tournée vers moi et ses yeux riaient. Elle était parfaitement naturelle et s'amusait de me voir l'être si peu. L'incident m'avait au moins donné l'avantage de pouvoir la dévisager. Je n'avais d'abord remarqué d'elle que les petites tresses qui couvraient sa tête. Ce n'étaient pas de belles tresses bien travaillées, souples, mais plutôt de petits tortillons qui rampaient sur son crâne. Leur principale qualité était de dégager complètement ses traits.

Son visage était tout en replats, comme une pierre taillée. Ses pommettes étaient saillantes, l'arête de son nez bien dessinée et ses lèvres charnues formaient des angles nets avec son menton et ses joues. Cette géométrie rigoureuse aurait mieux convenu à un masque dogon qu'à un visage de jeune femme. Mais elle animait tout cela avec une expression malicieuse. Ses cils battaient sans cesse, son regard sautait d'un point à un autre et quand il se fixait, il était plein de gaieté. Elle passa sa langue sur ses lèvres et un peu de salive les fit briller.

— C'est que j'ai couru sans arrêt jusqu'à la gare depuis mon travail. Je n'ai même pas eu le temps d'enlever mon uniforme.

Bêtement, pour moi, uniforme rime avec militaire ou policier.

— Votre uniforme… ?

Mon air étonné la fit rire.

— Oui, je suis serveuse…

Serveuse. Évidemment, la jupe noire, le chemisier blanc, les mocassins… Je m'étais bien égaré avec mes histoires de secte.

— Et… vous travaillez loin ?

— À Denfert-Rochereau. Vous voyez la brasserie qui fait l'angle avec l'avenue du Général-Leclerc ?

Je mentis pour me rendre intéressant. Jamais je n'aurais cru que cela lui ferait autant plaisir.

— Oh, je suis contente que vous soyez déjà venu. C'était pour déjeuner ? Le patron fait une tarte au citron meringuée, humm ! Il est bien gentil. Sa femme et lui, ce sont des Auvergnats, évidemment, mais assez généreux quand même…

On aurait dit qu'elle venait d'apprendre que nous étions cousins. Elle avait un petit accent, difficile à situer, mélange d'intonations africaines et parisiennes. Elle continuait à me parler de son restaurant quand un téléphone couina au fond de son sac. Elle en sortit un appareil arrondi, nacré, auquel était attachée une horrible petite poupée blonde. Elle lut le message qui s'était affiché et son expression se fit grave.

— Excusez-moi, il faut que je rappelle.

Elle composa un numéro, attendit, pianota sur le portable.

— C'est toujours pareil. J'ai oublié de le charger et au moment où j'en ai besoin…

— Voulez-vous le mien ?

— Comme c'est gentil ! Je n'en ai pas pour longtemps. Ça ne vous dérange vraiment pas ?

Je ne sais pas pourquoi mais j'ai eu l'impression que toute cette petite mise en scène avait pour seul but d'en arriver là. Je sortis de ma poche un vieux Nokia, à peu près contemporain de l'apparition de la téléphonie mobile. Elle eut la charité de ne pas se moquer de moi.

— Savez-vous à quelle heure on arrive à Luxembourg ? me demanda-t-elle en recopiant sur le clavier un numéro tiré de son agenda.

— Je descends avant mais laissez-moi calculer. Nous serons à Chaunes à onze heures dix. Je rajouterais une bonne demi-heure. Comptez minuit, à peu près.

— Merci.

Elle laissa sonner mais apparemment personne ne répondait.

— Vous permettez que j'envoie un SMS. Ça sonne dans le vide.

— Allez-y.

Quand elle eut terminé, je fis de mon mieux pour relancer la conversation.

— Vous allez à Luxembourg ?

C'était tout ce que j'avais trouvé et ça ne devait pas nous mener très loin. À mon grand étonnement, la question parut l'inspirer.

— Non, je change là-bas. Ensuite, je prends encore deux autres trains. Je vais en Allemagne, en fait. À Kiel, exactement. Ma mère et ma sœur y habitent. Tu connais ? Oh, pardon, vous connaissez ?

— On peut se tutoyer.

— D'accord, c'est plus facile. Je n'arrive pas trop à dire vous. Même les clients, à la brasserie, je les tutoie…

Je souris poliment.

— Je m'appelle Rokaya, dit-elle. Et toi ?

— Paul.

Elle hocha la tête gravement, comme si elle approuvait le choix de mes parents.

— Donc, Paul, tu ne connais pas Kiel ? reprit-elle. À vrai dire, tu ne perds rien. Moi, j'ai été élevée dans cette ville-là, mais dès que j'ai pu m'enfuir, je suis partie en France. Il y a sept ans maintenant que je vis à Paris. Au début, c'était dur mais maintenant, ça va bien.

Elle conclut en ôtant cette fois son manteau. Je ne pus m'empêcher de scruter son odeur. C'était un mélange de parfum bon marché à base de rose et de lessive forte aux senteurs de lavande. Peut-être, en arrière-fond, s'y mêlait-il une pointe plus musquée qui devait venir de sa peau. Comment aurais-je pu lui faire comprendre que c'était cette touche humaine qui, malgré tout, rendait l'ensemble agréable ?

— Tu es née en Allemagne ?

— Non, mes parents sont venus du Mali quand j'avais huit ans. Mon père est un Toucouleur et ma mère un mélange de Haoussa et de Mossi. Elle vient de Haute-Volta. Je sais bien que c'est le Burkina mais nous, on ne s'y est jamais fait, et on dit toujours la Haute-Volta.

Elle rit en lâchant le petit cri joyeux que j'ai si souvent entendu sur les marchés africains. Je lui racontai que je connaissais bien cette région. Elle m'interrogea sur ma profession et m'écouta poliment lui parler du photoreportage de guerre, par quoi j'avais commencé, et des raisons pour lesquelles j'étais peu à peu passé aux sujets plus libres, illustration de voyage, ethnographie... La conversation était lancée. Elle était très naturelle, sans inhibition, capable de parler de tout avec tout le monde, avec beaucoup de bonne humeur. Pourtant, je sentis que quelque chose la préoccupait. Elle continuait, tout en bavardant, à fouiller dans son sac, à tripoter son agenda, à regarder sa montre. Quand mon téléphone signala l'arrivée d'un Texto, je compris qu'elle l'attendait impatiemment.

— Pardon, dit-elle, j'ai demandé qu'on m'envoie une réponse...

Je lui repassai le téléphone de bonne grâce.

— C'est ta maman qui s'inquiète ?

— Pas ma mère, non, fit-elle distraitement, en ouvrant le message.

Elle lut le texte en silence, sans changer d'expression.

— Mon fiancé.

Elle pianota sur le clavier pour effacer le message et me rendit l'appareil.

— C'est un Allemand, annonça-t-elle gravement. Un vrai Allemand de Hambourg.

Je ne savais pas si son ton était destiné à donner de l'importance à cette information ou si cette annonce revêtait un caractère tragique, comme la révélation d'une maladie grave.

— Vous êtes ensemble depuis longtemps ? demandai-je, avec une sincère curiosité.

Je n'étais nullement gêné par l'irruption d'un homme dans notre conversation. À vrai dire, je n'avais aucune intention précise avec cette fille. Je ne demandais rien d'autre que sa compagnie, pendant cet interminable voyage. Le fait qu'elle eût parlé de son fiancé clarifiait quelque peu la situation et ôtait de l'ambiguïté à notre échange. Cependant, quelque chose continuait de la préoccuper. Elle me répondait distraitement, regardait souvent par la fenêtre. Finalement, elle plongea de nouveau dans son sac, qui contenait un nombre incroyable d'objets divers. Elle y pêcha une sorte de tube en plastique blanc et le serra dans sa main. Elle me demanda de l'excuser et se leva pour gagner les toilettes. Elle revint au bout d'un long moment, la mine grave. Je décidai de la laisser tranquille et allai chercher des boissons au wagon-bar.

Le coup de théâtre eut lieu pendant que je rentrais, une canette de Coca dans chaque main : le train s'arrêta en rase campagne. Rien que de banal, en apparence, me direz-vous, mais je vous répondrai que les grands événements prennent souvent des masques trompeurs.

En arrivant à ma place, je trouvai ma voisine dans tous ses états. Elle trépignait, regardait par la fenêtre en essayant de voir le plus possible vers l'avant, pour deviner ce qui pouvait arrêter le train.

— Tu crois qu'il va repartir bientôt ? m'interpella-t-elle quand elle me vit.

Je me contentai de hausser les épaules. L'arrêt d'un Corail en pleine voie est tout sauf un événement exceptionnel.

— Il a freiné brusquement, tu as remarqué ?

J'espère qu'il n'a pas heurté quelque chose. Ça arrive souvent, paraît-il, que les trains coupent des voitures en deux aux passages à niveau.

— Pas si souvent que ça, tout de même ! répondis-je assez tranquillement. Ne t'inquiète pas. Il va repartir.

Mes prophéties ne la rassuraient pas. Elle avait ressorti ce que j'avais pris pour un mouchoir et qui était en réalité une serviette de table, sans doute ramassée dans sa brasserie. Elle la roulait en boule dans son poing et se tamponnait nerveusement la bouche. Comme la plupart des hommes, je suis naturellement tenté de prêter aux femmes une capacité de divination, en particulier dans le domaine des catastrophes. Et la réputation des Africaines en la matière n'est plus à faire. J'étais gagné malgré moi par une angoisse vague et sans cause précise. Le train pouvait bien s'arrêter autant qu'il voudrait, ça ne changeait pourtant pas grand-chose à ma situation. Rien ni personne ne m'attendait, à part ma voiture. La vie a voulu que je n'aie pas d'enfant et maintenant que j'ai largement dépassé la quarantaine, je ne le regrette plus. Quelques copines m'accueillent volontiers ici et là, mais aucune ne se risque à venir chasser le loup dans sa tanière.

— J'ai une correspondance à Luxembourg, dit-elle sur un ton pathétique. Ce serait *vraiment* dramatique si je la ratais. La suivante n'est que demain après-midi.

Je pensai soudain qu'on était le 11 novembre.

— Tu fais le pont, c'est ça ? Évidemment, pour aller aussi loin, quatre jours, c'est très court.

Je comprenais qu'elle ne veuille pas en passer deux dans le train. Elle secoua la tête.

— Ça, j'ai l'habitude. Je vais là-bas une fois par mois et je l'ai déjà fait en un seul week-end. Non, le problème…

Au moment de me parler de ce qui la tourmentait, elle me fixa et quelque chose la fit hésiter. À cet instant, le contrôleur s'adressa aux passagers. Tel un dieu livrant son message à l'humanité depuis les cieux, il mugit dans les haut-parleurs que la panne était sérieuse et qu'il était impossible de dire quand nous repartirions. Une explosion de cris salua cette révélation. Les Philippines hurlaient de joie. L'idée d'arriver en retard les amusait beaucoup. Tous les imprévus de la vie leur plaisaient et elles n'étaient visiblement pas pressées de retrouver leurs patrons. Quelques Français poussèrent des cris gaulois, à tonalité revendicative. Toutefois, la perspective de voir la SNCF rembourser le voyage en cas de retard excessif tempérait ce mécontentement d'un secret espoir. Celle qui cria pour de bon, au point même de faire taire un instant les autres, ce fut ma voisine Rokaya. Elle se dressa et poussa un véritable rugissement. Puis elle retomba dans son fauteuil et se mit à sangloter.

C'est peu de dire que j'avais l'air d'un imbécile. Que raconter à une inconnue qui fait une crise de nerfs parce que son train est immobilisé ? En vérité, personne ne me demandait rien. Mais elle avait réussi, presque sans m'adresser la parole, à me convaincre que j'étais responsable de son sort.

Un instant plus tard, le contrôleur, en chair et en os cette fois, traversa le wagon au pas de course, suivi par une meute de passagers énervés. Je n'aurais jamais cru qu'il pût y avoir autant de gens pressés dans un Corail. Rokaya, en l'apercevant, se lança elle aussi à sa poursuite. Elle revint au bout d'une dizaine de minutes, plus abattue qu'avant. Presque en même temps, une nouvelle annonce précisa ce qu'elle devait savoir déjà : le train ne repartirait pas avant deux bonnes heures.

— Combien de temps as-tu pour changer, à Luxembourg ?

— Une heure et demie. C'est mort.

Je restai sans rien dire. Elle pleurait de nouveau. Cette fois, son visage était immobile. Les larmes grossissaient sur ses cils, roulaient le long de ses joues et tombaient sur sa jupe noire sans qu'elle cherchât à les retenir. Elle avait dû perdre sa serviette en route. Quand elle se décida finalement à sécher son visage, elle employa le dos de ses mains.

— C'était ma dernière chance, me dit-elle d'une voix sourde.

— Mais non, tu prendras la correspondance demain et malgré tout…

Elle fit un signe las de la main pour m'arrêter.

— Tu ne sais pas, commença-t-elle, mais elle attendit un peu pour poursuivre.

Je crus même qu'elle n'allait plus rien dire. Elle avait repris son agenda et tournait les pages avec mélancolie. Puis, d'un coup, elle referma le carnet avec un bruit sec et se pencha vers moi.

— On ne se connaît pas mais je vais tout te raconter. Tant pis, faut que je cause. Je ne peux pas rester comme ça, sans rien dire.

Elle renifla et me jeta un petit coup d'œil.

— Mais je te préviens, c'est une histoire de nana.

— J'aime bien les histoires de nana.

— Non, tu aimes les nanas, ce n'est pas pareil.

La lueur malicieuse reparut dans son œil. C'était bon signe.

— D'abord, il faut que je te dise : mon copain allemand, il est très riche.

— C'est bien.

— Non. Il est trop riche. Pas lui, il est encore jeune, mais sa famille.

— Quel problème est-ce que ça pose ?

Elle avait déniché un mouchoir en papier et, tout en me parlant, remettait de l'ordre dans son visage. Je compris qu'elle était lancée. Elle ne répondait même plus à mes questions.

— Mes parents et moi, quand on a quitté le Mali, on est d'abord arrivés en France. Mon père avait trouvé un boulot à Sartrouville. Je m'y plaisais bien. Mais il est mort l'année suivante dans un accident. Une voiture qui l'a fauché.

— Il avait plusieurs épouses ?

— Justement, dit-elle en me regardant (elle avait l'air étonné que je pose cette question), ma mère était la coépouse. L'autre était restée au pays. Il y a eu des embrouilles, des histoires de papiers. C'était la dèche complète. On vivait à trois dans huit mètres carrés. Ma sœur et moi, on n'avait rien d'autre à manger que ce qu'on nous servait le midi à la cantine. Il fallait trouver une solution. Par un imam qui prêchait dans le coin, ma mère a connu un Turc qui vivait en Allemagne. Elle s'est mariée avec lui et on est tous partis le rejoindre à Kiel.

Une nouvelle annonce informa les passagers que l'attente était portée à trois heures. Rokaya haussa les épaules.

— Maintenant, de toute façon… Oui, je te disais, l'Allemagne… Bon, je passe les détails. Le Turc avait un petit garage. On était mieux, on avait de quoi manger. Mais Kiel, c'était l'enfer pour moi. Calme, froid, riche, je n'avais rien à faire dans un bled pareil. J'ai suivi les études secondaires comme j'ai pu. L'allemand, je le parle, mais ça s'entend que je n'aime pas. Quand j'ai quitté le pays pour retourner en France, je ne m'étais pas fait un seul ami là-bas.

— Et ton fiancé ?

— On s'est connus bien après, la première fois que je suis retournée en Allemagne pour rendre visite à ma mère.

— Vous vous êtes connus dans un train, alors ?

— Oui, dans un train. Mais celui-là, il n'était pas en panne.

Il n'y avait plus de larmes dans ses yeux et je la vis franchement rire.

— Tu comprends, Paris m'avait fait du bien. J'avais eu pas mal de petites histoires là-bas. Quand j'ai vu ce beau garçon timide assis en face de moi, je n'ai pas hésité. Ma mère m'avait envoyé un billet de TGV pour me décider à revenir la voir. Le trajet est rapide en TGV ; pourtant, en arrivant, on avait déjà décidé de se marier.

— Il t'a présentée à sa famille ?

— Tout de suite, et c'est là que ça se complique. Son père est un grand chef d'entreprise, un type qui a gagné des fortunes. Il n'en profite pas beaucoup, remarque. Il est dans un genre d'hôpital depuis cinq ans. Alzheimer.

— Et la mère ?

— Tu t'y connais, toi ; tu poses les bonnes questions. La mère, c'est une garce. Dès qu'elle m'a vue, elle a déclenché la guerre.

— Pourquoi ?

— À ton avis ? Une petite serveuse fauchée, noire en plus, qui lui vole son fils unique. Elle voyait un autre avenir pour lui, crois-moi.

— Elle est raciste ?

— Il n'y a plus de racistes en Allemagne depuis la Seconde Guerre mondiale.

Elle avait dû faire la plaisanterie souvent. Elle n'eut même pas un sourire.

— Pendant deux ans, je me suis battue avec elle. Pas battue pour de vrai, elle est trop maligne pour ça. Officiellement, on s'adore. Mais elle fait tout pour que ça craque entre Patrick et moi, et je le sais. Il s'appelle Patrick.

— J'avais compris.

— D'abord, elle l'a convaincu qu'il ne devait pas se marier tout de suite, que rien ne pressait. Et depuis, doucement, elle essaie de l'écarter de moi. Elle lui présente les filles de ses amies (remarque, là-dessus, je ne crains personne). Elle lui fait peur avec des histoires de sorcellerie. C'est toujours très subtil. Elle ne parle jamais directement de moi. Le plus dur, c'est que je ne suis pas sur place pour répondre au coup par coup. Je viens autant que je peux. Mais même en m'arrangeant avec mon patron et mes collègues, j'ai du mal à me libérer plus d'une fois par mois.

— Pourquoi ne vas-tu pas t'installer là-bas, puisque c'est important pour toi ?

— Avec quel argent ? Je claque tout dans ces voyages et en fringues. Ne regarde pas mon uniforme, elles sont dans la valise, mes fringues. Quand je veux, je sais m'habiller.

À en juger par le poids de la valise, elle devait en effet avoir le choix.

— Tu dis qu'il a de l'argent. Il peut te dépanner...

— Ce serait pire que tout.

Les Philippines s'étaient rendormies. Le wagon arrêté, avec son mauvais éclairage, ressemblait à la véranda d'un café, hors saison, sur la mer du Nord. On entendait le vent, dehors, qui rabattait sur les vitres une pluie fine et noire. Rokaya changea de position. En restant assise, elle pivota tout à fait vers moi et cala son dos contre le montant du wagon.

— Il faut bien que tu comprennes : Patrick, c'est un gamin. Il est plus jeune que moi. Ça ne se voit pas trop parce qu'il est grand et baraqué comme toi. Vous vous ressemblez un peu, d'ailleurs. Mais lui, dans sa tête, il a douze ans, tu peux me croire. Il n'a aucune idée de la galère dans laquelle je suis et si je le lui racontais, il prendrait peur. Sa mère n'attend que ça pour lui expliquer que j'en veux à leur fric. Donc, non seulement je ne lui demande rien mais, quand on est ensemble, on partage tout et même, souvent, c'est moi qui paie.

— Excuse-moi de te demander ça, mais... tu l'aimes ?

— Bien sûr que je l'aime. C'est un garçon doux, cultivé, et il me respecte.

Je fixais sur elle un regard qui dut lui paraître dubitatif et elle se fâcha.

— En tout cas, c'est l'homme qu'il me faut. Et je suis sûre que je pourrais le rendre heureux.

Elle renifla. Je la regardais bien. Elle était sincère, à sa manière. Il y avait en elle un mélange touchant de calcul et de spontanéité, de désintéressement et de ruse. Je ne pouvais pas savoir jusqu'à quel point elle était elle-même convaincue de ses sentiments. Mais elle avait fait un choix et elle était déterminée.

— Et lui, où en est-il ?

— Lui, il est influençable. Quand je ne suis pas là, sa mère me casse sans arrêt et, petit à petit, elle va bien arriver à le détacher de moi. Le mois dernier, elle a remporté une belle victoire et lui, cet idiot, il n'a rien compris à son manège. Elle l'a convaincu de partir un an en Chine sans moi pour faire une formation.

— Qu'est-ce qu'il étudie ?

— Le kung-fu.

— Tu blagues ?

— Pas du tout, c'est très sérieux. Il était nul à l'école mais les arts martiaux l'ont toujours passionné. Du coup, il a appris le chinois et sa mère va lui payer un an dans un monastère encore plus dur, paraît-il, que le Temple de Shaolin ou le fameux mont Wu Dang dont il me parle tout le temps. Et comme par hasard, c'est un monastère où il n'y a que des hommes.

Elle racontait ça avec une certaine excitation, comme un joueur d'échecs qui décrit le coup gagnant d'un adversaire habile.

— Il part dans deux semaines.

À l'évocation de ce délai, elle s'assombrit et les ailes de son nez se mirent à frémir. Je crus qu'elle allait se remettre à pleurer. Mais elle bondit vers moi et son visage reprit une expression dure, déterminée.

— La seule solution, il y a un bon moment que je le sais, c'est que je sois enceinte. Je connais Patrick, il aime les enfants, il respecte la famille. Si je suis enceinte, il ne me quittera plus.

— Qu'est-ce qui t'en empêche ?

— On voit bien que tu es un mec ! Tu penses que c'est commode, toi, quand on habite aussi loin ? Il faut être là au bon moment. Il y a un an à peu près que je me suis décidée. Tu me croiras si tu veux, mais je ne suis jamais arrivée à faire coller les dates.

— Les dates...

— L'ovulation, il y a un moment pour ça, tu en as entendu parler tout de même ?

— Tu calcules tes dates d'ovulation ?

— Pas au début. Au début, je ne calculais rien du tout. Je ne prenais pas ma pilule et je me disais que ce qui arriverait arriverait. Mais le temps passe et maintenant je sais qu'il va partir. Je suis obligée de faire ça scientifiquement.

Elle se pencha vers son sac et reprit le tube en plastique blanc que je l'avais vue manipuler au début du voyage. Elle tira sur les extrémités et il s'ouvrit, découvrant une échelle graduée.

— Tu sais ce que c'est ?

— Un thermomètre ?

Elle rit en secouant la tête.

— Je t'avais dit que c'étaient des histoires de nana. Toutes les nanas connaissent ça. C'est un test d'ovulation. Il marche bien avec moi parce que je suis très régulière. Tu vois la petite ligne bleue, là, elle te dit où tu en es. Si elle passe en dessous du trait, c'est fini pour cette fois. Il faut attendre le prochain cycle.

C'était donc ça qu'elle était allée vérifier aux toilettes.

— Ces derniers mois, je n'ai pas eu de chance. Je ne pouvais pas me libérer quand il fallait, ça ne tombait jamais un week-end. Sauf le mois dernier mais là, c'est lui qui était malade et on n'a rien fait.

— Et cette fois ?

— Cette fois, c'était bon, mais il fallait que j'arrive demain tôt. J'avais déjà tout prévu pour le réveiller et le mettre en route. Il est assez paresseux, le matin. C'est plutôt le genre qui se couche à des pas d'heure.

Rokaya referma le tube et le jeta dans son sac ouvert. C'était fini et elle avait perdu. Il y avait quelque chose d'infiniment triste dans le spectacle de cette gamine courageuse à qui la vie n'avait fait aucun cadeau mais qui n'avait jamais renoncé. Le plus grave dans cette histoire, ce n'était pas l'échec mais l'injustice. Elle ne méritait pas ça. En la regardant, je ne ressentais ni pitié ni tristesse, seulement, c'est peut-être bête à dire, de l'admiration.

Quand nous évoquons cette scène aujourd'hui avec Rokaya, c'est pour en rire. Le temps a passé. Je vous l'ai dit, ça fait sept ans. Le décor n'a pas changé. J'habite toujours dans les Ardennes et j'emprunte pour y aller les mêmes wagons sinistres.

Mais pour Rokaya, heureusement, c'est de l'histoire ancienne. Elle m'envoie ses vœux chaque année, avec des photos de Patrick. Il a hérité la fortune de son père l'année dernière. Ils vivent dans une superbe maison à Hambourg et ils passent les étés dans une grande villa, sur la Riviera, près de Portofino, avec leurs deux enfants. Le garçon est le plus petit et la fille le domine du haut de ses sept ans. Elle a, paraît-il, un caractère très indépendant. Les photos que Rokaya m'a envoyées sont mauvaises. J'en aurais volontiers fait d'autres mais elle ne semble pas souhaiter que je rencontre sa famille. Patrick ne sait sans doute pas que j'existe et c'est mieux ainsi.

Je n'ai revu Rokaya qu'une fois, à Paris, en janvier dernier. Nous avons bu un verre à Montparnasse près de son hôtel. Elle avait pris un peu de poids mais ça lui allait bien. Elle était presque méconnaissable, habillée avec une robe de marque, couverte de bijoux en or blanc, coiffée et maquillée avec soin. J'avais de la peine à reconnaître la petite serveuse au visage ravagé par les larmes qui criait son désespoir. Mais quand on en est venus à la fameuse soirée du wagon, je l'ai bien reconnue. Dès qu'elle parle, elle s'anime, change d'expression. Tout revient : la gamine rusée, les années de galère, la capacité à tout risquer. On s'est demandé qui avait eu l'idée en premier. J'y ai repensé souvent et c'est vrai que je n'ai pas les souvenirs clairs sur ce point. Rokaya m'a assuré que c'était moi. Je n'arrive pas à le croire. Ne cherche-t-elle pas plutôt à me con-

vaincre que j'ai tout décidé moi-même ? C'est
bien sa technique avec les hommes.

Je ne peux pas, cependant, être tout à fait
catégorique ; l'enchaînement précis des événements reste un peu flou dans ma mémoire.
Seule certitude, le train, cette nuit-là, est finalement reparti vers onze heures et demie, après
plus de trois heures de panne. Ensuite, je me
revois bien descendant la valise de Rokaya du
porte-bagages. Elle était vraiment lourde. Heureusement, elle avait des roulettes et, de mon
côté, je n'avais qu'un petit sac à dos, avec mes
appareils. La voiture était bien sur le parking,
comme prévu, et elle a démarré du premier coup,
malgré l'humidité de la nuit. Je me souviens que
nous avons plaisanté pendant tout le trajet et
que Rokaya riait fort. Nous étions aussi nerveux
l'un que l'autre. Elle a regardé ma maison sans
pouvoir cacher la pitié qu'elle ressentait pour
moi. Mais elle était du genre à respecter les
goûts des autres et, après tout, elle n'était là que
pour la nuit. J'avais promis de la ramener à la
gare le lendemain en début d'après-midi pour
attraper la correspondance qui partait vers Hambourg.

Elle a pris une longue douche et m'a rejoint,
enroulée dans une serviette. J'avais chauffé la
chambre à fond et changé les draps en vitesse.
Les taies d'oreiller étaient évidemment dépa-

reillées mais on s'en moquait pas mal. Elle avait, comme je l'avais deviné sous sa blouse, des seins fermes et arrondis. J'avais l'impression de connaître déjà son corps et elle ne parut pas surprise de découvrir le mien.

Mais quant à savoir qui a pris la décision, cela reste un mystère. Elle prétend que je lui aurais demandé dans le train si, d'après son instrument, elle était encore féconde cette nuit-là. Et comme elle m'avait répondu oui, je me serais proposé pour lui faire l'enfant dont elle avait besoin. Après tout, le père officiel n'aurait aucun moyen de savoir jamais la vérité.

Je n'ai pas le souvenir d'avoir prononcé de telles paroles. J'ai trouvé l'idée excellente mais je ne me crois pas pour autant capable de l'avoir eue moi-même. À vrai dire, c'est une question que je ne me suis pas posée sur le moment. Pénétré du sérieux de ma tâche, je m'en suis simplement acquitté avec ardeur.

La nuit fut longue, voluptueuse et belle. Et si j'ai oublié quelque peu nos paroles, je garde un souvenir intact du moindre de nos gestes.

Après tout, ce n'est pas si souvent que l'on prend autant de plaisir à faire le bien.

DU MÊME AUTEUR

Romans et récits

Aux Éditions Gallimard

L'ABYSSIN, 1997. Prix Méditerranée et Goncourt du premier roman (Folio n° 3137)

SAUVER ISPAHAN, 1998 (Folio n° 3394)

LES CAUSES PERDUES, 1999. Prix Interallié (Folio n° 3492 *sous le titre* ASMARA ET LES CAUSES PERDUES)

ROUGE BRÉSIL, 2001. Prix Goncourt (Folio n° 3906)

GLOBALIA, 2004 (Folio n° 4230)

LA SALAMANDRE, 2005 (Folio n° 4379)

UN LÉOPARD SUR LE GARROT. Chroniques d'un médecin nomade, 2008 (Folio n° 4905)

SEPT HISTOIRES QUI REVIENNENT DE LOIN, 2011 (Folio n° 5449 et repris sous le titre LES NAUFRAGÉS : ET AUTRES HISTOIRES QUI REVIENNENT DE LOIN, coll. « Étonnants Classiques », Éditions Flammarion, 2016)

LE GRAND CŒUR, 2012. Prix du Roman historique et prix littéraire Jacques-Audiberti (Folio n° 5696)

IMMORTELLE RANDONNÉE : COMPOSTELLE MALGRÉ MOI, édition illustrée, 2013 (première parution : Éditions Guérin). Prix Pierre Loti (Folio n° 5833)

LE COLLIER ROUGE, 2014. Prix Littré et prix Maurice-Genevoix (Folio n° 5918)

CHECK-POINT, 2015. Prix Grand Témoin de la France mutualiste 2015 (Folio n° 6195)

LE TOUR DU MONDE DU ROI ZIBELINE, 2017

Dans la collection « Folio XL »

LES ENQUÊTES DE PROVIDENCE (Folio XL n° 6019 *qui contient* LE PARFUM D'ADAM *suivi de* KATIBA)

Composition Floch
Impression Novoprint
à Barcelone, le 11 juillet 2018
Dépôt légal : juillet 2018
1er dépôt légal dans la collection : août 2012

ISBN 978-2-07-044798-5./Imprimé en Espagne.